DESEO

KIMBERLEY TROUTTE

El último escándalo

HARLEQUIN™

Editado por Harlequin Ibérica.
Una división de HarperCollins Ibérica, S.A.
Núñez de Balboa, 56
28001 Madrid

© 2019 Kimberley Troutte
© 2019 Harlequin Ibérica, una división de HarperCollins Ibérica, S.A.
El último escándalo, n.º 169 - 20.9.19
Título original: Star-Crossed Scandal
Publicada originalmente por Harlequin Enterprises, Ltd.

I.S.B.N.: 978-84-1328-197-1
Depósito legal: M-22923-2019
Impreso en España por: BLACK PRINT
Fecha impresión para Argentina: 18.3.20
Distribuidor exclusivo para España: LOGISTA
Distribuidor para México: Distibuidora Intermex, S.A. de C.V.
Distribuidores para Argentina: Interior, DGP, S.A. Alvarado 2118.
Cap. Fed./Buenos Aires y Gran Buenos Aires, VACCARO HNOS.

MIXTO
Papel procedente de
fuentes responsables
FSC® C108412
www.fsc.org

Este libro ha sido impreso con papel procedente de fuentes certificadas según el estándar FSC, para asegurar una gestión
responsable de los bosques.

Capítulo Uno

Sexo ardiente y salvaje.

Eso era lo que transmitía el hombre que se estaba bajando de la limusina. Y música arrobadora. Si Nicolas Medeiros fuera una canción, sería un son brasileño, de ritmo sensual y letra pegadiza, imposible de sacárselo de la cabeza.

En la entrada del *resort* de Plunder Cove, flanqueada por sus dos hermanos, Chloe Harper tuvo un momento para estudiar a Nicolas mientras esperaba hablando por teléfono a que el conductor sacara su equipaje. Llevaba las mangas de la camisa remangadas, dejando al descubierto unos brazos musculosos y bronceados. Sus pantalones oscuros acentuaban su estrecha cintura y llevaba la chaqueta del traje colgando de un hombro. Era la versión adulta del rompecorazones del que Chloe Harper se había enamorado hacía mucho tiempo.

—¿Estás bien? —preguntó su hermano Jeff al verla abanicarse, y la rodeó con su brazo—. Parece que estás a punto de desmayarte.

—¿Tú también? —preguntó Matt, el hermano mayor, observándola—. Julia puso esa misma cara esta mañana cuando le dije que Nicolas Medeiros iba a venir al pueblo y se iba a alojar en el *resort*. ¿Cuál es el problema?

—Él es el problema —susurró Chloe.

Nicky M, que había sido en su día una estrella del pop, se había convertido en un importante productor que había descubierto a algunos de los cantantes más exitosos. Era toda una leyenda y, más que eso, era… su Nicky M. Con once años, todas las noches besaba su póster antes de irse a la cama. Había sido su salvador cuando nadie se preocupaba por ella. En aquel momento, su admirado ídolo se dirigía a la entrada del *resort* de su familia con su característico movimiento de caderas. Si le causaban buena impresión, firmaría un contrato para hacer allí su próximo programa musical.

Como directora de actividades del *resort*, era la encargada de enseñarle las instalaciones. Su familia confiaba en ella para convencerlo, por lo que iba a tener que pasar bastante tiempo con él.

Sin querer, emitió un extraño sonido desde el fondo de su garganta.

–Vaya, te ha dado fuerte –bromeó Matt–. Tal vez deberíamos encargarle la misión a otra persona.

–¡Ni se te ocurra! –exclamó, elevando la voz.

Nicky M dirigió la mirada hacia ella.

–Relájate, Chloe –le dijo Jeff–. Papá quiere que consigas cerrar el acuerdo y yo también. Medeiros y su productora son imprescindibles para dar a conocer el *resort*. Tienes que convencerlo de que nos necesita.

–¿Y se supone que con ese comentario me tengo que relajar? –preguntó Chloe dirigiéndole una mirada asesina.

Matt rio.

–Haz tu trabajo, hermanita. Es un hombre, sabrás convencerlo.

Chloe se mordió el labio. Había pasado muchas noches soñando con ser el amor de Nicky M, pero no era eso lo que su hermano quería decir.

–¡Señor Medeiros! –exclamó Jeff tendiéndole la mano–. Bienvenido a Casa Larga, el *resort* de Plunder Cove. Soy Jeffrey Harper, el director ejecutivo del *resort* y del restaurante.

Se saludaron con un apretón de manos.

–A Matt ya lo conoces, es el piloto que te ha traído desde Los Ángeles –dijo Jeff.

Jeff dirigía el *resort* familiar mientras que Matt había hecho de su pasión por volar su profesión. Ofrecía sus servicios como piloto a los huéspedes más importantes del *resort* y prestaba ayuda a aquellos vecinos que lo necesitaban.

–Sí, claro, ha sido un vuelo tranquilo. Eres un gran piloto –dijo estrechando la mano de Matt.

Ay, aquella voz. Era profunda y melódica, con un suave acento brasileño, y la había escuchado miles de veces en sus fantasías. Estaba deseando que se quitara las gafas oscuras para ver sus ojos.

«¡Déjalo ya!», se reprendió.

Chloe se había prometido mantenerse alejada de los hombres una temporada y quería cumplir su propósito. No pasaba nada por mirar, pero de ninguna manera iba a dejar llevarse por sus deseos.

–Mi padre le pide disculpas por no poder recibirlo en persona. No se encuentra bien –se excusó Jeff.

Aquello era un eufemismo. La última vez que Chloe había visto a su padre había sido sentado en su habitación a oscuras, luchando contra el torbellino que lo arrastraba hacia el lado oscuro. Su padre había luchado durante décadas contra una depresión no diagnosticada. Ella misma había tenido que soportar sus efectos de niña, antes de que sus padres se divorciaran, y había acabado marchándose de la mansión para irse a vivir con su madre. No había entendido la enfermedad de su padre hasta que la había vivido de cerca. Si no lograba superarla pronto, Chloe haría oídos sordos y traería a un psiquiatra a casa para que lo tratara, aun a riesgo de que los rumores empezaran a correr. RW Harper era un hombre poderoso y muy pocos se atrevían a desobedecer sus órdenes, pero estaba preocupada por él y haría lo que fuera por ayudarlo.

—Siento oír eso. Estaba deseando reunirme con el gran RW Harper. Además, tengo algunas dudas sobre el contrato que me mandó –dijo Nicolas.

—Encontrará un hueco durante su estancia –intervino Jeff–. Ella es Chloe, la directora de actividades del *resort*. Se ocupará de que no le falte nada.

Jeff se refería al plano profesional, pero ella no pudo evitar deslizar su mirada por el cuerpo de Nicolas. Sus hombros anchos, su cintura fina… Se obligó a mirarlo a la cara; la estaba observando.

Le ardían las mejillas y unas gotas de sudor le corrían por la espalda. Extendió el brazo y sintió alivio al comprobar que no le temblaba la mano.

—Bienvenido a Casa Larga.

—Chloe. Me gusta ese nombre.

Se quitó las gafas oscuras y sus ojos azul grisáceo se clavaron en los de ella. Sintió que se derretía. Iba a acabar perdiendo el conocimiento.

Le sostuvo la mano más tiempo del debido. ¿Sería una costumbre brasileña o que su mano que se resistía a soltarlo? Chloe la retiró, pero fue incapaz de apartar la vista de sus ojos. Siempre había sentido intriga por saber qué le habría pasado a aquel muchacho para que sus ojos tuvieran una mirada tan enternecedora. Seguía conservando aquella mirada, mezclada con la que sabiduría que daba la madurez, como si supiera exactamente lo que estaba pensando. Alzó una ceja como si se estuviera percatando del deseo que estaba acumulándose en ella.

De repente sentía deseos de saltarse todas sus reglas por él.

Matt se rio a su lado.

—Supongo que algunas cosas no son como parecen. Será mejor que me vaya a casa y le demuestre a mi esposa cuánto la quiero. Nos veremos luego.

Echó andar hacia su moto y le hizo un gesto con los pulgares hacia arriba.

Era imposible que Matt pensara que su huésped se sentía atraído por ella. Nicolas Medeiros solía salir con modelos y estrellas. Aunque era heredera de la inmensa fortuna de los Harper y una reputada instructora de yoga, no era una *top model*. Rara vez llevaba maquillaje y le gustaba la belleza natural de una persona.

—Por aquí, señor Medeiros —dijo Jeff, indicándole el camino hacia la entrada.

Nicolas permaneció inmóvil y le dirigió una mirada que hizo que le subiera la temperatura.

—Las damas primero.

Echó a andar delante de él y no pudo evitar preguntarse dónde estaría mirando, si al amplio escote de su blusa, que dejaba al descubierto su espalda, a su trasero o a la impresionante lámpara de araña que colgaba sobre sus cabezas. Jeff acompañó al huésped hasta donde habían puesto unos planos en una mesa de mármol.

–El restaurante se inaugurará oficialmente al público a finales de la semana que viene, pero el personal está deseando servirle. Necesitan practicar.

–Es una invitación, por supuesto –dijo Chloe y se hizo a un lado para que interviniera Jeff.

El móvil de Nicolas vibró. Leyó el mensaje que acababa de recibir y sacudió la cabeza antes de alzar la vista.

–Lo siento, el trabajo.

Esperaba poder distraerle del trabajo durante su estancia. Era su objetivo como directora de actividades e instructora de yoga ayudar a la gente a aprender a disfrutar del presente y relajarse.

–¿Podría hablarnos de su programa? Me vendría bien para saber qué clase de actividades preparar para los concursantes –dijo Chloe.

–Eso, si elegimos este *resort* para el programa –matizó Nicolas–. Estamos estudiando otras tres ubicaciones.

–Entiendo –dijo mirándolo directamente a los ojos–. Me he propuesto ayudarle a tomar la decisión y, por supuesto, a elegirnos.

–Fascinante.

Sus labios se curvaron y Chloe no pudo evitar preguntarse qué se sentiría al besarlos.

–*Música desde el corazón* es un *reality show*. Diez autores convivirán en un entorno de lujo mientras escriben canciones y compiten por obtener un contrato de un millón de dólares.

–Me gusta la idea.

–Estoy muy familiarizado con los *reality shows*. Podemos ayudar a que el suyo sea un éxito –dijo Jeff, refiriéndose a su pasado como presentador de *Secretos bajo las sábanas*, un programa de cámara oculta sobre hoteles de lujo–. Echemos un vistazo a los entornos en los que se pueden colocar cámaras para grabar a los concursantes. El *resort* estará terminado en ocho meses, pero si necesita que sea antes, Industrias Harper puede hacer que…

Mientras Jeff hablaba, Nicolas estudiaba los planos. Chloe aprovechó para observarlo. Tenía una barba cuidada y el pelo oscuro y muy corto. Sus hombros eran anchos. Su ídolo de juventud había madurado, pero su mirada seguía provocándole el mismo efecto. Nicky M siempre había sido para ella más que el rostro de un póster. Había sacado a una joven asustada de su rincón oscuro y había alimentado su imaginación. Había tocado su corazón con sus palabras de amor y sus bonitas melodías. Nunca sabría lo mucho que le debía. Pero ya no tenía sentido seguir fantaseando con Nicolas. No quería estar con nadie hasta que tuviera su vida en orden. Tenía que aprender a quererse a sí misma antes de amar a otra persona. Y hasta que eso ocurriera, no pensaba acostarse con ningún hombre, ni siquiera con el súper sexy Nicky M.

Tenía trabajo que hacer. Su padre le había encargado que le mostrara a su huésped todo lo que Plunder Cove ofrecía a fin de que eligiera grabar su programa en el nuevo *resort*.

–No dejes que se vaya sin firmar el contrato, Chloe –le había dicho su padre–. Cuento contigo.

Llevaba toda la vida tratando de agradar a su

padre y siempre le había fallado. Todavía se preguntaba si la razón por la que la había apartado de su lado años atrás, enviándola a vivir con su madre después del divorcio, había sido porque no era lo bastante buena para ser una Harper.

En el pasado, sus padres habían aplacado su espíritu. Habían roto su familia y la habían enviado lejos, apartándola de la música que tanto le gustaba. Pero había encontrado refugio en el yoga y estaba haciendo todo lo posible por recuperarse. Incluso había vuelto a casa no hacía mucho y había recuperado la relación con sus hermanos mayores. Estaba decidida a demostrar que era merecedora del famoso apellido de su familia.

No podía fallar. No podía ser tan difícil contener sus manos y sus labios y hacer que aquel hombre firmara unos cuantos papeles, por mucho que fuera el más sexy del mundo.

Nicolas dejó de escuchar el discurso de Jeff Harper sobre los planes de construcción en cuanto se dio cuenta de que aquella mujer lo estaba observando.

La atractiva directora de actividades tenía un físico impresionante. Llevaba una falda marrón que se ajustaba a sus caderas como el chocolate a las fresas. Su blusa de crepé roja, caída por la espalda, no era del todo transparente, aunque si forzaba la vista se adivinaba lo que cubría. Su larga trenza rubia lo intrigaba, pero eran sus ojos de color aguamarina los que le habían impactado. Al encontrarse con los suyos, había visto unas vetas doradas en sus iris azules. Tenía una mirada irresistiblemente magnética.

–El *resort* estará acabado a tiempo para su programa, se lo garantizo.

La voz de Jeff hizo que Nicolas apartara la voz de Chloe.

Cómo no iba a decir eso. Aquel hombre era un Harper. RW Harper, el padre de Jeff, tenía fama de ser un retorcido maquinador, además de astuto. Aquel imperio hotelero sería el más lujoso del país, por no decir del mundo entero. Por eso estaba allí Nicolas. Estaba buscando ubicación para grabar su programa. En el pasado, habría buscado una bonita playa en la que sentarse a componer música. Aquellos días habían acabado y había pasado de crear canciones a crear estrellas.

–Y eso es todo. Será mejor que vuelva a la obra. Lo dejo en las manos de Chloe.

Jeff salió por la puerta y lo dejó a solas con aquella belleza.

Chloe se acercó, moviéndose con el estilo y la elegancia de una bailarina. Le llamaban la atención sus suaves curvas y los músculos definidos de sus brazos y espalda.

–Le enseñaré su habitación.

–Como ha dicho su hermano –dijo Nicolas sonriendo–, estoy en sus manos.

–Haré todo lo posible para ocuparme de… todas sus necesidades –concluyó, consciente de que se había ruborizado.

Nicolas estaba deseando comprobarlo.

Lo guio por el vestíbulo, acompasando sus pasos a los de él.

–Me gusta el planteamiento de su programa, Nicky, disculpe, señor Medeiros.

–Llámame Nicolas. Me gusta apoyar a los compositores de canciones y quiero dar con talentos diferentes, únicos.

–Estupendo –dijo y suspiró–. Ayudar a jóvenes artistas es justo lo que imaginaba que harías cuando te hicieras mayor –añadió y rápidamente se tapó la boca–. No me refiero a que seas mayor, me refiero a…, ya sabes, maduro. Es maravilloso.

–Gracias.

Estaba acostumbrado a que las mujeres se pusieran nerviosas en su presencia y quería que Chloe se relajara y lo tratara como a un tipo normal. Sonrió.

–Tuve gente que me echó una mano cuando empezaba, así que me gusta aportar lo que puedo a la industria.

Atravesaron un gran salón en el que se oía una suave música de fondo. Al pasar bajo una de las lámparas de araña más grandes que había visto en su vida, un baile de sombras y reflejos se proyectó en los suelos de mármol. Era impresionante, pero no comparable con el brillo de los ojos azules de Chloe. La siguió por una sinuosa escalera al compás de las pisadas de sus sandalias. Reparó en sus uñas pintadas de morado y fue subiendo la mirada desde sus pies hasta sus piernas torneadas.

Tenía un cuerpo espectacular y no le importaría dedicar un buen rato a aquella belleza. Nada serio, tan solo un breve encuentro de sexo ardiente.

–Tienes mucho talento para contar historias en tus canciones. Esos concursantes tienen mucha suerte de tenerte como mentor.

Ese talento formaba parte del pasado desde que la inspiración lo abandonara. Ahora se dedicaba a ganar dinero, no a hacer poesía. Se sentía a gusto y, aunque en ocasiones echaba de menos escribir canciones, bastaba con recordarse lo lejos que había llegado. Su éxito compensaba su insatisfacción. Nunca más volvería a pasar hambre. ¿Para qué contarle eso?

–Gracias –se limitó a decir.

¿Sabría cómo había sido descubierto? La mayoría de la prensa solo se refería a una versión de la realidad. Nadie conocía los detalles de la pesadilla por la que había pasado desde los diez años para mantener a su madre y a sus cuatro hermanas. Cantar había sido lo único que había podido hacer para saldar su pozo de deudas. Cada céntimo había sido para su familia hasta que había ganado más de lo que nunca necesitarían.

Aun así, nunca parecía suficiente.

A su madre le gustaba verlo cantar y él disfrutaba haciéndola sonreír.

–Tus canciones están hechas de polvo de estrellas, Nicky –solía decirle mientras lavaba a mano la ropa de otras familias–. ¡Una bendición del cielo!

Un representante musical estadounidense lo había visto cantar para turistas en la playa de Ipanema y le había prometido convertirlo en una estrella. Por entonces tenía dieciséis años, mucho arrojo y una confianza ciega. Había hecho un disco con él y su primera canción había llegado a lo más alto de las listas de éxitos. Nicky M había sido la sensación del momento y había aterrizado en California, confiando en que ganaría mucho dinero y podría comprar una casa para su familia y sacarlos de la pobreza. Su madre no tendría que trabajar y sus hermanas podrían estudiar.

Era la típica historia de un chico de origen humilde con final feliz que tanto gustaba a la prensa. Pero no habían contado toda la verdad. ¿Cómo iban a hacerlo? Algunos secretos eran demasiado vergonzosos para confesarlos.

El representante en el que había confiado había limpiado sus cuentas bancarias hasta dejarlos sin nada. Con dieciséis años, asustado y lejos de casa, se había quedado solo en un país en el que apenas hablaba el idioma, sin poder mandar dinero a su familia. Ni siquiera había tenido dinero suficiente para comprarse un billete de avión. Su madre y sus hermanas se habían visto obligadas a buscar trabajo limpiando casas para poder sobrevivir. Todos habían pasado hambre.

Aquella experiencia lo había endurecido. Había sido la primera de muchas decepciones y había aprendido una lección: la gente mentía, robaba y se aprovechaba de los demás para conseguir lo que quería.

Había necesitado astucia, suerte y perseverancia para pasar de ser una estrella del pop a un productor musical influyente.

Nicolas no confiaba en nadie más que en sí mismo y se mató a trabajar para mantenerse en lo más alto. En aquellos primeros años, las letras de las canciones le habían brotado de lo más hondo y la música había fluido por su organismo. Había tenido un talento natural para transmitir y al público le gustaba escucharlo. No le costaba componer música, para él había sido como respirar. La prensa lo había bautizado como el mejor compositor latino de nuestro tiempo.

Pero de componer canciones había pasado a producir música. Había cambiado las melodías por el continuo zumbido de su móvil, ganando millones con las historias de los demás.

Entonces, había dejado la música.

El polvo de estrellas había desaparecido y el silencio era mortal. No había tenido tiempo para superar la pérdida. En su lugar, dedicaba todo el tiempo a buscar nuevas estrellas. Tenía fama, dinero, mujeres, un estilo de vida con el que la mayoría de las personas solo podía soñar.

Pero no era feliz y no dejaba de repetirse que la felicidad no daba millones.

—Vamos a pasar mucho tiempo juntos esta semana y… creo que debería decirte una cosa.

Nicolas quiso pensar que su voz entrecortada se debía al esfuerzo de subir escaleras.

—¿Tienes secretos? —preguntó él, acercándose.

—De niña, estaba un poco enamorada de ti.

De vez en cuando, el pasado le venía muy bien, sobre todo cuando una mujer bonita apreciaba su talento. O, más bien, el talento que había tenido. Tal vez aquella sexy rubia de larga trenza y labios tentadores seguía recordando quién había sido.

Nicolas se llevó la mano al pecho nada más llegar al rellano de la planta alta.

—¿Solo un poco? —dijo, fingiendo sentirse ofendido.

—Bueno, he de reconocer que fue algo más que un poco. Le puse a mi iguana tu nombre, Nicky M.

–Espero que al menos fuera un lagarto bonito –comentó arqueando una ceja.

–Mucho. Era una iguana roja con unos ojos muy bonitos, casi tanto como los tuyos.

Tal vez pudiera distraerse con ella unos cuantos días. Necesitaba tomarse un respiro y acostarse con una guapa admiradora le ayudaría a sentirse una persona normal y no como el poderoso productor que era.

–Nos vamos a llevar bien, Chloe. Recuérdame que le dé las gracias a RW.

Había sido una idea muy astuta encargarle a Chloe que se ocupara de él. Pero si Harper pensaba que una mujer podía embaucarle hasta el punto de hacerle firmar el contrato, estaba muy equivocado.

Nicolas podía ser tan implacable como RW en lo que a negocios se refería.

–Oh, no, mi padre no puede saberlo.

–¿Tú también eres una Harper?

–Sí, pensé que te lo había dicho. Lo siento, me he puesto un poco nerviosa al conocerte –contestó y se mordió el labio–. Demasiado nerviosa. Incluso ahora me cuesta encontrar las palabras. Esa es la razón por la que mi padre no quiere que trabaje contigo. Si supiera de mi… –dijo y se sonrojó– obsesión por ti. Pero por entonces era una cría.

–Será nuestro secreto –replicó él bajando la voz.

–No te preocupes, seré muy profesional.

Se dibujó una cruz sobre el pecho, lo que llamó su atención sobre sus curvas.

–Lástima. ¿Estás segura de que ya no queda nada de esa obsesión? ¿Ni un poquito? –preguntó acercándose.

Trató de mostrarse indiferente, pero no pudo evitar sonreír. Nicolas reparó en sus hoyuelos y deseó acariciárselos.

—Un poquito claro que sí, pero quiero que confíes en mí y que sepa que puedo ser...

—¿Profesional? —la interrumpió.

—Sí.

La forma en que se había quedado mirándolo le decía que seguía sintiendo interés por él, aunque no quisiera admitirlo.

—¿Es esta mi habitación? —preguntó cuando se detuvieron ante una puerta.

—Sí —respondió Chloe y abrió la puerta—. La mía está al fondo del pasillo. Avísame si necesitas algo.

Al pasar junto a ella, percibió el olor a coco de su champú. ¿Sabría tan bien como olía? Justo en ese instante, se pasó la lengua por los labios como si hubiera adivinado sus pensamientos.

La suite tenía una amplia zona de estar, con un escritorio, una barra, un enorme sofá de cuero y una terraza.

—Hay algo que necesito —anunció rodeándola.

—Tú me dirás.

Nicolas se apoyó en el marco de la puerta y se cruzó de brazos.

—Cena conmigo esta noche.

—¿Yo?

Al ver que se ruborizaba, se sorprendió. ¿En qué estaba pensando? Fuera lo que fuese, le gustaba. No solía salir con admiradoras deslumbradas, pero era demasiado tentadora.

—Sí, *gatinha*, tú.

—¿Qué me has llamado?

–*Gatinha* es una expresión de cariño en Brasil, que significa gatita. ¿Prefieres que diga sexy?

–*Gatinha*. Me gusta.

Chloe bajó la vista a sus labios y una corriente surgió entre ellos.

Nicolas deseaba besarla. Estaba acostumbrado a que las mujeres se le arrojaran en los brazos. Como cantante, había tenido muchas aventuras pasajeras y, como productor, seguía disfrutando de compañía femenina, aunque procuraba no mezclar los negocios con el placer. Con el paso de los años, estaba empezando a pensar que le faltaba algo. Pero él no era tipo convencional que soñara con una esposa y unos hijos. Había dejado Hollywood para ir a Plunder Cove por su programa y para poner distancia con la última modelo con la que había estado saliendo. Una atractiva admiradora rubia era exactamente lo que necesitaba en aquel momento.

–¿A las siete?

Chloe separó los labios, pero no dijo nada. Una extraña expresión asomó en su rostro. ¿Preocupación, tristeza?

–Di que sí, Chloe.

–Nicolas, hay algo que debería decirte…

Aquel tono no auguraba nada bueno.

De repente, le sonó el móvil.

–Lo siento, dame un momento para atender esta llamada.

Chloe aprovechó la llamada para apartarse de él y, por alguna extraña razón, aquello le molestó.

Un instante antes de que la puerta se cerrara, escuchó la palabra que tanto deseaba oír.

–Sí.

Capítulo Dos

Al contrario de lo que había hecho creer a su hija, RW no iba a pasarse el día en una habitación a oscuras. Le dolía el pecho y las molestias detrás de los ojos eran insoportables, pero no iba a quedarse en la cama. Esperó a que Chloe bajara a recibir a su invitado antes de salir a hurtadillas para ocuparse de unos asuntos. Su hija tenía una misión que cumplir y él también, aunque sus hijos no lo supieran.

Se protegió los ojos del sol californiano, atravesó el patio y tomó asiento ante la primera mujer a la que había amado, Claire Harper. Hacía diez años que lo había abandonado, llevándose a su hija con ella. Había vuelto a Plunder Cove para la boda de Jeffrey y no se sabía por qué seguía allí dos meses más tarde. La había invitado a comer para averiguar qué era lo que quería.

–Claire, por ti no pasan los años.

Ella sonrió al oír aquel cumplido, y las líneas alrededor de sus ojos y labios se marcaron. Su frente estaba más lisa de lo que recordaba. Seguramente algunos de los millones que le había mandado habían ido a parar allí.

La imagen de Angel, la mujer a la que amaba en aquel momento, surgió en su cabeza. Prefería una mujer con sus arrugas y sus defectos que también supiera aceptar los de él.

Ocuparse de Claire era el primer paso para conseguir que Angel volviera con él.

—Y tú pareces… —dijo y se quedó mirándolo— más sano.

Todavía no lo estaba del todo, pero se encontraba mucho mejor de lo que había estado mientras había vivido con Claire.

—Estoy impresionada con este sitio. ¿Nuestro hijo ha hecho todo esto? —preguntó señalando el restaurante.

Desde donde estaban sentados se veía la estructura de madera y cristal que recordaba a un barco pirata. Era una obra de arquitectura que seguramente ocuparía muchas páginas de revistas.

—Ese chico ha vuelto a nacer con este proyecto de hotel y restaurante. Estoy muy orgulloso de él.

Un camarero apareció con un plato de pasta que colocó ante Claire.

—Me he adelantado y he pedido la comida. No estaba segura de que fueras a venir —dijo Claire.

—Aquí estoy, Claire. Esta es mi casa.

—Perdonen que los interrumpa. ¿Quiere tomar algo, señor Harper? —preguntó el camarero, nervioso.

—Tráigame un vaso de agua, gracias.

El camarero se apresuró a marcharse.

—¿Nada de bourbon ni de entrecot Waygu?

Claire enrolló los fetuchini carbonara en su cuchara y se llevó un bocado a la boca. Mientras masticaba, en su rostro apareció su habitual expresión de disgusto.

—Esta salsa es horrible.

—Imposible. Nuestra chef es una de las mejores del país.

Lentamente, chupó la salsa de la cuchara.

–Está en mal estado –dijo y se limpió la lengua con la servilleta.

Una sonrisa de satisfacción asomó a sus labios al caer en la cuenta de que lo que había hecho Michele. Cuánto quería a su nuera.

–Yo no me comería el resto.

Claire bebió un sorbo de su vino para limpiarse el paladar y vio·un resto de vendaje en el fondo de la copa. El horror que vio en su cara le alegró el día.

RW echó hacia atrás la cabeza y rompió a reír. Hacía mucho tiempo que no lloraba de risa.

Indignada, Claire se levantó.

–No es divertido. ¿Has visto lo que hay en mi copa? El departamento de salud cerrará el restaurante de Jeffrey por esta negligencia. Ahora mismo voy a hablar con esa chef.

–Siéntate –le ordenó, secándose los ojos–. La chef es la esposa de Jeffrey.

–¿Mi nuera me ha hecho esto? –preguntó sentándose lentamente.

–Sabe la historia de cuando encerraste a Jeffrey en el cobertizo. Hazte a la idea de que vas a pasar una noche muy íntima con tu retrete.

–Ella no me envenenaría –dijo Claire y apartó el plato por si acaso–. Y lo del cobertizo no fue culpa mía. Se suponía que el servicio iba a dejarlo salir.

–Eso es mentira. Fue culpa tuya y mía también. Estaba tan inmerso en mi infierno que no me di cuenta de lo que pasaba en el tuyo. Nuestros hijos se merecían unos padres mejor que nosotros, Claire. Tú también te merecías un marido mejor. Lo siento.

—Es la primera vez que te oigo disculparte. Incluso reírte como acabas de hacer. Has cambiado.

—Lo intento.

—Ya me doy cuenta. No cambies demasiado —dijo y dirigió la mirada a sus brazos bronceados y musculosos—. Eres un hombre muy atractivo: fuerte, rico, sexy. Estás muy bien como estás.

—No me conoces bien.

—¿Qué quieres decir? Estuve casada contigo y tuvimos tres hijos. Te conozco.

—No soy el hombre con el que te casaste. Diste a ese tipo por muerto hace una década y con razón. Ya no soy ese tipo irritado y despreciable. Me he… despertado.

—¿Que has despertado? ¿A qué te refieres?

¿Cómo explicarlo? Había sufrido depresión toda la vida. Siempre había sabido que necesitaba ayuda, pero sus padres decían que los Harper no tenían ese tipo de problemas. Seguramente Claire se había dado cuenta de que estaba enfermo, pero había pretendido que la desesperación que lo invadía y que a veces le llevaba a encerrarse durante días en un cuarto oscuro era su habitual forma de ser.

Había tenido que soportar la forma en que RW trataba a la gente. Había sido un imbécil, pero no a propósito, sino porque no había sabido cómo relacionarse y había sufrido mucho. Le había resultado más fácil dirigir una compañía que conectar con la gente que amaba.

Había ignorado sus sentimientos para sobrevivir. La única emoción que había dejado aflorar de vez en cuando había sido la ira. Matt había sido el único que le había hecho frente, soportando y

22

protegiendo al resto de la familia de sus ataques de cólera. No deberían haber pasado por aquello.

Después de una temporada, RW había alcanzado un punto de inflexión. ¿Por qué seguir respirando cuando a nadie le importaba? Sus hijos lo odiaban y Claire deseaba verlo muerto, al menos era lo que le había gritado en una ocasión. Diez años atrás, había apartado de su lado a sus hijos para no volver a hacerles daño y acabar con su vida.

O al menos intentarlo.

Gracias a un golpe de suerte inmerecido, una preciosa mujer lo había salvado. Le había dicho que tenía una enfermedad mental. Dulce, amable y fuerte, Angel se había convertido en su terapeuta y con ella había empezado el arduo proceso de curar su mente. Diferentes sensaciones habían hecho aflorar sus sentimientos. Quería sobrevivir y, por encima de todo, quería ser feliz.

Angel le había dicho que la felicidad se podía alcanzar si seguía tres reglas: arrepentirse, reparar los daños y perdonarse a sí mismo. Iba a tardar toda una vida en cumplir las dos primeras. No se merecía ser perdonado.

Pero aunque no se lo mereciera, había decidido buscar la redención.

Y se había enamorado de Angel. Por primera vez en su vida, tenía un objetivo. Se había despertado.

Claire nunca lo entendería. Clavó sus ojos marrones en él y se enroscó uno de sus rizos rubio platino en un dedo.

—No siempre las cosas fueron mal entre nosotros.

—No fueron lo suficientemente buenas, ahora me doy cuenta de la diferencia. Me gustaría volver a tener una relación algún día. ¿Qué me dices de ti? ¿No quieres sentir la felicidad y el amor?

–¿Pero qué bicho te ha picado? ¿De veras crees que puedes enamorarte? ¿Acaso tienes tiempo para hacerlo?

–¿A qué has venido? –preguntó RW, que empezaba a estar de mal humor.

–Quiero lo que es mío –respondió ella inclinándose sobre la mesa–. Los chicos han vuelto y tú estás mejor. Plunder Cove es adonde pertenecemos, todos juntos.

Se la veía decidida, pero también desesperada.

–No –replicó echándose hacia delante él también–. Vete a casa, Claire. He encontrado a alguien y quiero casarme con ella, si me acepta.

Lo que no le dijo fue que no tenía ni idea de dónde estaba Angel en aquel momento.

–La poligamia es un delito, cariño –afirmó ella con una sonrisa perversa–. ¿O es que se te ha olvidado que no firmé los papeles del divorcio?

–Maldita sea, Claire. ¡Ya está bien! Firma esos dichosos papeles, toma tu dinero y vete de vuelta a Santa Mónica.

–Este sí es el hombre que recordaba –dijo cruzándose de brazos y recostándose en el asiento.

Parecía haberse quedado pegada y no estaba dispuesta a marcharse.

–Este es mi hogar –terció RW–, heredado de mi familia. Mío, ¿me entiendes? Conténtate con el dinero que te he dado en estos últimos diez años y sigue tu vida. ¡Déjame en paz!

RW se levantó y se fue. Le sorprendía lo calmado y seguro de sí mismo que se sentía.

Tomó el teléfono móvil.

–Robert, ven con el Bugatti. Es hora de irse.

Claire acabaría firmando esos papeles, no tenía ninguna duda. Tenía que pasar al siguiente paso de su plan.

Iba a escaparse a un rincón tranquilo en la costa, lejos de miradas indiscretas. Si todo iba como tenía planeado, estaría de vuelta antes de que sus hijos se dieran cuenta de que había salido de Plunder Cove. Si se daban cuenta de que esa mañana había exagerado la gravedad de su enfermedad para escabullirse, tendría que dar algunas explicaciones.

No podía exponer a sus hijos al peligro que rodeaba a Angel. Él era prescindible. Estaba viviendo un tiempo prestado y la mujer que había salvado su vida, necesitaba que salvara la de ella.

Hacía años que había escapado de una banda colombiana de delincuentes y traficantes de drogas, pero apenas iba un paso por delante de ellos. Había estado escondida todo ese tiempo bajo su techo con un nombre falso. Cuando la banda había aparecido unos meses atrás en su casa buscándola, Angel había volado para protegerlo.

Estaba convencida de que sería capaz de esconderse de la banda y de él, pero tenía unos recursos que ni se imaginaba.

Ya estaba bien. Estaba dispuesto a hacer lo que fuera para poner de rodillas a Cuchillo y su banda y traer a Angel de nuevo a casa, incluso a ponerse él mismo como cebo.

Capítulo Tres

Chloe estaba a punto de hacer un montón de cosas poco profesionales, así que bajó rápidamente al restaurante para hablar con su cuñada.

Encontró a Michele en la cocina, con los brazos manchados de harina mientras preparaba masa de pasta.

—¡Estás aquí! —exclamó Chloe.

—¿Dónde iba a estar? ¡Vaya! ¿Qué tal va todo con el hombre de la mirada irresistible? —preguntó Michele con una sonrisa.

—Es tan guapo… Y su voz, su acento… Oh, Dios mío, hace que me derrita —dijo Chloe y respiró hondo cerrando los ojos—. ¿Te importa si paseo? Refunfuño mejor cuando me muevo.

—¿Refunfuñar? ¿Cómo es que no estás eufórica? Vas a pasar con él una semana.

—No es por él, es por mí.

—Como quieras —dijo Michele y señaló hacia el suelo—. Pero no me tires nada. Tengo un bizcocho en el horno.

—No soy como mi madre, no voy por ahí llevándome cosas por delante —replicó Chloe, dando vueltas por la habitación.

—Ahora que la mencionas… —comentó Michele bajando la voz—. He tenido un encontronazo con ella hace un rato, nada serio, solo para decirle que no es bienvenida en mi restaurante, nuestro restaurante. Me niego a que deambule por donde quiera después de lo que le hizo a Jeff.

–¿Mi madre sigue en Plunder Cove? –preguntó sorprendida.

–Sí, ha comido con tu padre. Es extraño, ¿verdad?

–¿Ha lanzado al aire platos o botellas de vino? ¿La ha echado mi padre?

Si sus padres discutían mientras Nicolas estaba allí, no cerrarían el acuerdo para grabar el programa en el hotel.

–Han estado charlando civilizadamente y luego tu padre se marchó antes que ella.

En aquella casa, no sabían lo que era tener unos padres civilizados. ¿Qué se traían entre manos? Chloe dejó de dar vueltas en círculos y se detuvo en el mostrador, al lado de donde Michele estaba amasando.

–¿Puedo hacerlo yo?

–¿Quieres amasar la masa? –preguntó Michele apartándose–. Claro, pero lávate las manos antes y cuéntame por qué quieres desahogarte con la masa.

Chloe se secó las manos y empezó a amasar.

–El tipo que me inspiró a tocar la guitarra está arriba, en mi propia casa. ¡Nicky M! Y es tan guapo. No tengo palabras para describir lo bien que le sientan los pantalones. Pero represento al complejo hotelero en este acuerdo y no debería estar pensando en su anatomía.

–Pero lo estás haciendo –observó Michele sonriendo con picardía.

–Podría aprovechar la oportunidad para, no sé,

preguntarle cómo da con el ritmo perfecto o qué le inspiró para escribir sus canciones. Tengo una oportunidad increíble para saber más sobre música de un maestro. Sin embargo, en vez de hacer preguntas inteligentes, soy incapaz de formar una frase coherente. ¿Qué me pasa?

–Es lógico que te pongas nerviosa. Es Nicky M.

Dejando a un lado la atracción que sentía por él, había sido su inspiración para seguir cantando y tocando la guitarra en su tiempo libre. Sus padres la habían convencido de que su verdadera vocación no era ser cantante, pero disfrutaba con la música, y todo gracias a Nicky M.

–No me impresionan los famosos. Estaba acostumbrada a tratar con ellos en mi estudio de yoga de Hollywood. Directores, estrellas y modelos son gente normal que solo buscan el amor y la felicidad, como el resto de nosotros. Incluso bastantes de ellos están… perdidos –añadió hundiendo las manos con fuerza en la masa–. Hollywood arruina la vida de la gente. El poder de las estrellas no tiene ningún efecto sobre mí.

–¿Y el hombre de la mirada irresistible sí?

–Oh, sí –respondió Chloe llevándose la mano al pecho y estampándose una mancha de harina en la blusa–. Tal vez sus ojos me han hipnotizado. Sí, eso debe ser.

Michele le ofreció una copa de vino y Chloe la rechazó con un movimiento de mano.

–Espera, ¿alcohol tampoco? Entiendo que dejes la carne, ¿pero el vino? Eso es… No, ni hablar.

–Quiero llevar una vida más sana.

«Estoy aprendiendo a quererme».

–Te entiendo muy bien lo que te pasa con Nicky M. Si Gordon Ramsay viniera a mi cocina una semana, acabaría cortándome una mano o prendiendo fuego a algo. Nicky M es muy guapo. Deja de torturarte, te irá bien en cuanto te relajes.

Chloe se sirvió un vaso de agua y dio un largo trago.

–¿Cómo voy a relajarme? Si es mirarlo y perder el sentido.

–Interesante dilema teniendo en cuenta que tienes que convencerle de que firme ese contrato para grabar aquí si programa. Yo me ocupo de la comida y Jeff no puede estar en todo. Está en tus manos.

–Así no me ayudas, Michele. Me estás poniendo más nerviosa.

Su cuñada sonrió.

–Lo siento. Vas a tener que encontrar la manera de controlar tus nervios. ¿Sabes? Cuando estoy nerviosa me gusta cocinar o divertirme con tu hermano.

Chloe se rascó la nariz al oír aquel comentario. Estaba encantada de que Michele y Jeff estuvieran tan enamorados. Siempre había querido que sus hermanos fueran felices. También le preocupaba la felicidad de su padre. Con Angel hacía buena pareja, aunque su padre todavía no se había dado cuenta.

–¡Ya sé! –exclamó Michele–. Deberías besar a Nicky M para superar ese nerviosismo. Es lo que hice la primera vez que cociné para tu hermano.

–Sí, claro, acercarme y besar a toda una leyenda.

–No me refiero a asaltarlo. Haz lo que consideres mejor para ambos. Jeff me ha dicho que Nicky M parece colado por ti.

–¿Cuándo se ha dado cuenta? –preguntó sorprendida.

–Los hombres también notan esas cosas –replicó Michele, y se encogió de hombros.

–Nicolas acaba de salir de una relación con la *top model* Lila no sé cuántos. No está preparado para algo así. Si malinterpreto la situación… No, ni hablar. Besar a Nicolas no es buena idea.

–¿Y si no estás equivocada? Sería algo estupendo, Chloe. Tienes que perseguir tus sueños. Si yo no lo hubiera hecho, no estaría ahora mismo aquí. No siempre tienes una segunda oportunidad para hacer realidad tus sueños.

–No puedo, no debería… Definitivamente, no.

Tenía que cerrar el acuerdo por ella y por su familia. Además, estaba decidida a cumplir su promesa de mantenerse apartada de los hombres. Había dedicado demasiado tiempo a citas y sexo. Necesitaba tiempo para encontrarse a sí misma, sobre todo después de haber vuelto a Plunder Cove. Aun así, sabía que Michele tenía razón. No siempre se tenía una segunda oportunidad y, en el fondo, estaba deseando disfrutar del momento con Nicolas.

–Pero te encantaría –dijo Michele, adivinando lo que estaba pensando.

–Bueno, sí.

–Pues si surge la oportunidad y él se muestra dispuesto, adelante. Además, ¿cuándo fue la última vez que te dejaste arrastrar por la pasión?

–Déjame pensar –dijo Chloe y estrujó la masa entre las manos.

¿Debería contarle a su cuñada por qué había dejado de salir con hombres? ¿Lo entendería?

–Si tienes que pensarlo tanto, es que hace demasiado.

–Es que ahora mismo no quiero citas. Para encontrar la paz espiritual, antes tengo que encontrarme a mí misma. Solo si me acepto podré dar con el amor verdadero.

–¿En serio? –preguntó Michele llevándose una mano a la cintura–. ¿Nada de hombres?

–Algo tiene que cambiar –respondió Chloe.

Llevaba toda la vida deseando encontrar a alguien que la amara. La habían echado de la mansión cuando tenía catorce años y vivir con su madre había sido difícil. Hacía poco que se había reencontrado con su padre y hermanos, y deseaba que se mantuvieran unidos.

La expresión de Michele se dulcificó.

–Tu vida está cambiando. Estás aquí, formas parte de la familia. Ya no estás sola, Chloe.

–No quiero volver a perder a mi familia –replicó, y los ojos se le humedecieron.

–Claro que no, cielo. Entiendo que quieras ser mejor, pero que un viaje espiritual te aleje del hombre de tus sueños… ¿Y si es el amor de tu vida y dejas que se te escape? ¿No eres tú la que siempre dice que hay que disfrutar del presente? Tal vez no se te vuelva a presentar la oportunidad.

Chloe se mordió el labio.

–No me parezco a las mujeres con las que suele salir.

–¿Y? Tal vez él también quiera un cambio.

–Nicky, quiero decir Nicolas, me ha pedido que cene con él. Se trata de una cena de trabajo. Si pensara que está colado por mí…

–Venga, adelante –dijo Michele dándole una palmada en el hombro.

¿Debería dejar a un lado su viaje espiritual para vivir una fantasía?

–Tal vez.

–Los Harper sois muy cabezotas. Déjate llevar y disfruta.

Chloe sonrió. Michele había usado uno de los mantras por los que se había hecho famosa enseñando yoga a las estrellas.

–Ahora, tú también eres una Harper –le recordó.

–Jeff te diría que puedo ser bastante cabezota. Usa tu fuerza y confía en ti misma.

¿Cómo iba a tener una aventura con el hombre con el que llevaba soñando toda la vida sin interferir en el contrato que su padre quería que consiguiera? Su familia dependía de ella.

Aquella situación era peligrosa, pero por encima de todo, necesitaba respirar.

–Gracias por la charla –dijo, y besó a Michele en la mejilla–. Hasta las siete. Asegúrate de que todo esté perfecto para la cena.

–Estupendo, ahora eres tú la que me pone nerviosa, gracias.

Chloe le dijo adiós con la mano y se fue en busca del hombre de sus sueños.

Después de colgar su quinta llamada en las últimas horas, Nicolas tomó su ordenador y revisó su correo electrónico. Tenía ciento veinte vídeos musicales de posibles candidatos pendientes de ver, seleccionados por su ayudante entre miles de aspirantes. Se puso los auriculares, se sentó en la cama y vio cinco. Había un chico que destacaba, el resto ni de lejos. Archivó esos cuatro en la carpeta que había llamado «Descartar». Ya solo le quedaban ciento quince por ver.

Aquello era agotador. Odiaba destrozar sueños, pero solo podía elegir a diez para el programa y tenía que ser lo mejor de lo mejor. Se puso de pie y se estiró. Había sido un día muy largo.

Fijó la mirada en la guitarra que había llevado por si acaso volvía a sentir la música. Nada. Allí estaba, retándolo a componer algo que mereciera la pena. Fue a la cocina, sacó una cerveza de la nevera y salió a la terraza privada para que le diera el aire. La suite del ático en el que Harper le había alojado estaba llena de todo tipo de comodidades. Tenía todo lo que podía necesitar, excepto una mujer en su cama. No solía dormir solo, especialmente en una habitación de hotel. Tenía que hacer algo para corregir esa situación.

Dio un trago a la cerveza y disfrutó de las vistas. El sol poniente había llenado el cielo de trazos dorados y una brisa cálida agitaba las palmeras de la playa. Su mirada deambuló por el mar, las praderas de hierba y el jardín que había debajo de su ventana.

Los últimos rayos de sol iluminaron una figura en el jardín. Reconocería aquella trenza rubia en cualquier parte.

Chloe llevaba un pantalón de flores blancas y moradas y una camiseta blanca que acentuaban su figura. ¿Estaba bailando? Dio un sorbo a su cerveza y se quedó mirando. No, estaba haciendo ejercicios de estiramientos. Pero en nada se parecían a los que él hacía antes y después de correr. Sus movimientos eran fluidos y elegantes, como los de una pantera. Al inclinarse y apoyar las manos en el suelo, su trasero quedó apuntando directamente a él. Aquella visión lo avivó. En segundos pasó de estar agotado a excitado.

Chloe estiró sus brazos por encima de la cabeza y se sentó en una silla invisible. Tenía unos glúteos duros y muy bonitos. Al cabo de unos minutos cambió de postura. Se movía con gracia y estilo, como si aquellos movimientos formaran parte de una danza. ¿Quién iba a saber que el yoga podía ser tan estimulante?

Antes de aquello, no había sentido ningún interés por el yoga porque Tony Ricci, su agente y amigo, le había prevenido contra su práctica. Tony había tenido una mala experiencia en un estudio de yoga de Los Ángeles. Al parecer, la instructora era una devoradora de hombres.

Tony le diría que guardara las distancias con Chloe y se concentrara en el programa. Probablemente le mostraría alguna escena de Lila rompiendo con él delante de las cámaras. No necesitaba que se lo recordara.

Lila se había aprovechado de él, como muchas otras personas, para ascender en la carera hacia el éxito. Durante una temporada, había llegado a creer que ella era la pieza que faltaba en su vida. Lila era guapa, divertida, sexy y tenía una bonita voz. Bonita, pero no impactante. Había movido todos sus hilos para que su novia consiguiera el contrato que tanto deseaba. ¿Y cómo se lo había pagado? Rompiendo con él delante de las cámaras de la prensa.

Lila no lo amaba a él sino a su antiguo batería, Billy See. Iban a casarse y habían elegido un canal de televisión nacional para dar la noticia. Su amigo y su novia habían empezado a tocar juntos. Nicolas se había quedado solo.

Miró a Chloe estirarse hacia el cielo. Tal vez fuera ella la música que necesitaba para sentirse pleno una noche.

Capítulo Cuatro

La familia era lo más importante para Chloe. Había estado a punto de perder a su padre y hermanos cuando su padre los había apartado de su lado y se había jurado hacer todo lo posible para recuperarlos. De puro milagro, volvían a estar juntos en Plunder Cove, trabajando con un mismo objetivo: convertir en un éxito el nuevo *resort* Casa Larga.

Jeff y Matt, junto a sus esposas, habían dejado sus carreras para volver a Plunder Cove. El pueblo también se había implicado en aquella nueva aventura. El siguiente paso para asegurar el futuro de todos era convencer a Nicolas de que aceptara el plan de su padre, y su tarea era conseguirlo.

Necesitaba impresionarlo, pero por el sitio, no por ella. Una heredera Harper no se arrojaba en los brazos de un cliente, por muy sexy que fuera.

Si hubiera conocido a Nicolas un año antes, habría aceptado su invitación a cenar sin pensárselo. En esa época había sido una devoradora de hombres. Al menos, así era como la había llamado su madre.

–Ese es un comentario sexista –le había replicado a su madre–. Los hombres no dejan de flirtear conmigo en el estudio de yoga. ¿Por qué no iba a aceptar de vez en cuando? Ni que me estuviera acostando con todos. Solo quiero divertirme.

Además, salir a bailar, a cenar o al cine era una alternativa a volver a la soledad de su casa. Lo había pasado bien hasta que había roto a llorar una mañana, mientras tomaba su té verde matutino. Se sentía vacía y sola. Aunque lo había intentado, nunca había logrado superar su infancia y seguía deseando encontrar la estabilidad junto a alguien que la amara.

Incapaz de superar la depresión, había viajado hasta Rishikesh, en la India, para reencontrarse con sus maestros de yoga para una puesta a punto espiritual. Le sorprendió cuando le dijeron que sus chacras estaban bloqueadas. ¿Cómo había ocurrido? Como instructora de yoga, ayudaba a los alumnos a trabajar sus centros de energía desde el interior de sus cuerpos a pesar de que las suyas no funcionaban como era debido. Su chacra más afectado era el tenía que ver con las emociones, la creatividad y la sexualidad.

Los hombres no eran más que una forma de escudar su soledad y su corazón herido. Cuando estaba con uno, no tenía tiempo para sentarse a reflexionar y pensar en la manera de superar el abuso que había sufrido de niña. Usaba a los hombres para evitar sentir las experiencias de la vida. Sus maestros le habían dicho que si no encontraba la forma de solucionar el problema, acabaría perdida.

Santo cielo, su madre tenía razón.

La mejor manera para remediar el problema era dejar de tener citas hasta que se sintiera a gusto consigo misma.

–Ayuda a Chloe –le habían dicho sus profesores–. Encuéntrala, ámala y permite que la luz del universo le muestre el camino.

Más fácil decirlo que hacerlo. Llevaba más de un año descubriéndose y todavía no estaba a gusto con quién era. La vuelta a Plunder Cove estaba ayudándola a superar su angustia porque, además, le había dado la oportunidad de volver a estar con su familia. Pero el camino estaba siendo tortuoso, con pequeños avances salpicados de algún que otro tropezón.

¿Lograría ser feliz? Tenía la horrible sensación de que nunca sería una buena novia, y menos aún una esposa o una madre hasta que resolviera el problema. Se había sumergido en las aguas del Ganges y se había prometido ser mejor persona antes de entregarse a alguien.

Por primera vez desde ese día, se le estaba haciendo muy difícil cumplir su promesa.

Al recordar la sonrisa sexy que Nicolas le había dedicado desde el umbral de la puerta, tuvo que abanicarse de nuevo. Un año y medio antes lo habría besado allí mismo para robar un poco de aquella inocencia perdida. Ahora sabía que no podía usarlo de esa manera. No solo era el chico de sus pósteres de juventud. Ahora era también un hombre de carne y hueso con sus sentimientos, no una medicina con la que superar sus penas. Además, tenía que superar su ruptura pública con Lila. ¿Por qué complicar las cosas entre ellos?

A las siete oyó unos suaves golpes en su puerta.
–*Boa noite,* Chloe –dijo abriéndola.

–Podrías hablarme todo el día en portugués –replicó ella, llevándose la mano al pecho–. Me encanta como suena.

Se había recogido el pelo en un moño y unos cuantos mechones caían alrededor del rostro. Aparte de un poco de brillo en los labios, no llevaba maquillaje. Estaba deseando descubrir a qué sabrían aquellos labios.

–¿Estás listo? –preguntó Chloe.

Llevaba un vestido sin mangas de color azul con un generoso escote en uve. Una cadena de oro descansaba en el valle de sus pechos. Se metió las manos en los bolsillos para contener el impulso de acariciar aquella piel.

–Estás muy guapa.

–Tú también –replicó recorriéndolo de arriba abajo con la mirada.

–¿Necesito ponerme chaqueta para el restaurante?

Se había puesto unos pantalones de pinzas color tostado y una camisa negra de manga corta.

–No, pero será mejor que la lleves por si refresca. Quiero que demos un paseo. Hay unas cuantas cosas que me gustaría que vieras por la noche.

¿Qué querría enseñarle?

–Soy todo tuyo.

Chloe se sonrojó y separó los labios, pero no emitió ningún sonido.

–¿Nos vamos? –preguntó él, ofreciéndole el brazo.

Ella dudó unos segundos antes de tomarlo.

–Claro.

Salieron y echaron a andar por una senda iluminada con antorchas. Estaba refrescando y la brisa le revolvió el pelo a Chloe. Nicolas le pasó un mechón por detrás de la oreja.

Su roce la hizo estremecerse.

–Ya hemos llegado –anunció ella.

Del interior salía el olor a la carne. El edificio de madera y cristal, de dos pisos, no se parecía a ningún restaurante que conociera.

–Tiene forma de… ¿barco?

–De barco pirata –puntualizó–. ¿Conoces la historia de Plunder Cove? –preguntó, dirigiéndolo al interior–. Aquí había una construcción de adobe. Esta finca fue comprada en el siglo XIX por el pirata Harper.

–¡Conque los antepasados de RW fueron piratas! –dijo abriéndole la puerta de cristal.

–Eso dice la leyenda –contestó Chloe.

Nicolas sabía mucho de leyendas. Independientemente de que fueran verdad o mentira se contaban para mantener vivas historias y a ciertos hombres en lo más alto de la cumbre. ¿Cuáles serían las leyendas de Chloe? Estaba deseando conocerlas.

–Bienvenido, señor Medeiros –dijo la camarera que los recibió–. Estamos muy contentos de tenerlo aquí. Su mesa está lista.

Se sentaron en un comedor privado junto a la ventana. Las vistas al océano eran espectaculares. Era un lugar ideal para sentarse a contemplar el amanecer, sobre todo si se había pasado la noche haciendo el amor.

Él pidió solomillo Wagyu y langosta y ella un plato vegetariano.

–¿No comes carne? –preguntó con una mueca.

–De vez en cuando como huevos y pescado.

–No entiendo cómo puedes vivir así –comentó él sacudiendo la cabeza.

–Es una decisión personal.

En ese momento les trajeron una botella de vino y una cesta de pan recién hecho.

–Te he visto haciendo yoga en el jardín. Se te veía muy… –dijo ofreciéndole pan mientras buscaba el adjetivo adecuado–, flexible.

–¿Practicas yoga? Doy una clase en el jardín mañana, a la salida del sol. Puedes acompañarnos si quieres.

–¿Yo? No.

Dio un sorbo a su vino. Era el mejor pinot que había probado.

–Podría enseñarte unas cuantas cosas, como a aliviar la tensión de los hombros –dijo, y lo señaló con un panecillo–. Y en la mandíbula. Perdóname que te lo diga.

¿Tan evidente era que estaba tenso?

–Tengo muchas cosas en la cabeza –replicó, y trató de relajar los hombros mientras daba un sorbo a su vino.

–Lo sé.

Levantó la vista de su copa. Pensaba que se refería a todo el trabajo que aún le quedaba por hacer para montar el programa, pero por la expresión de aquellos ojos azules adivinó que se estaba refiriendo a su vida amorosa. ¿Habría leído todo los detalles de su ruptura? Vaya forma de estropearle el ánimo.

–¿Cuánto tiempo llevas haciendo yoga? –le preguntó por cambiar de tema.

–Desde los catorce años. Me salvó la vida.

–¿El yoga? –dijo frunciendo el ceño.

Siempre había oído que era una tontería, al menos, eso era lo que Tony le había dicho después de que le dejara aquella instructora.

–Crecer siendo una Harper fue difícil, muy difícil. Pero es historia pasada y no te aburriré con los detalles.

Le sorprendió ver lágrimas en sus ojos. Alargó el brazo y tocó su mano.

–Puedes contármelo. Se me da bien escuchar.

No era cierto, pero esa noche quería oír su historia.

Sus miradas se encontraron.

–Tal vez más tarde… o quizá nunca –dijo Chloe encogiéndose de hombros mientras una lágrima escapaba entre sus pestañas–. ¿Por qué estropear este momento con Nicky M?

Luego rodeó con su mano la suya y la apretó. Una corriente eléctrica pasó entre ellos y, por un momento, se miraron fijamente.

–Nicolas –la corrigió–. Ya no soy ese adolescente. A veces tengo la impresión de que nunca lo fui.

–Te entiendo. Todos maduramos y pasamos página, ¿no?

–A veces no hay otra opción.

Se decía a sí mismo que la vida que llevaba, mucho más desahogada de lo que nunca había imaginado, era suficiente. ¿Qué más daba que hubiera perdido la poesía de su vida?

El camarero apareció con los primeros platos y Chloe apartó la mano de la suya. Un escalofrío lo recorrió. Nicolas miró a su alrededor para comprobar si habían abierto una ventana. No se sentía ninguna corriente de aire en el restaurante. Nunca antes había tenido una reacción así después de tomar la mano de una mujer.

—Crecí y tuve que encontrar la manera de controlar mi vida. De niña, no tenía control de nada. Fui con mi madre a la India. No le gustó, pero yo encontré la paz espiritual. La meditación y la práctica del yoga eran muy diferentes a lo que había aprendido en Hollywood. De hecho, eran polos opuestos.

Aquello lo sorprendió.

—¿Vivías en Hollywood? ¿Cómo es que no nos hemos conocido antes?

—Supongo que nos movemos en círculos diferentes —respondió Chloe sonriendo.

Le gustaba su risa.

—Tenemos que corregir eso inmediatamente.

Al verla dar un sorbo de agua, Nicolas reparó en que no había tocado la copa de vino que le había servido.

—Me fui de allí porque no podía soportar tanta falsedad, tanta superficialidad.

—Así que has sido actriz, ¿no? Hollywood puede ser muy difícil para la gente que está empezando en al industria del cine.

—¿Yo, actriz? ¿Ponerme delante de las cámaras? Estás loco. Era instructora de yoga, con no más de diez alumnos por clase. Nada de cámaras ni de seguidores gritones.

Esta vez fue él el que rio.

—Habría podido gritar al verte hacer esos estiramientos. Se te da muy bien. ¿Cómo puedes mover el cuerpo de esa manera?

–Con práctica. Puedo enseñarte algunos estiramientos.

–¿Cómo puedo convencerte de que vuelvas a Hollywood? –preguntó sin pensárselo–. Tal vez quiera probar el yoga, siempre y cuando seas mi profesora.

Quería ver a Chloe en su entorno, levantando aquel bonito trasero en el aire.

–Esa ciudad a punto estuvo de destruirme –dijo con un reflejo de dolor en la mirada–. Me aplastó el espíritu.

–Me sorprende. Se te ve fuerte, calmada, normal.

–Me esfuerzo para que así sea. Volver a casa con mi familia era lo que necesitaba. No podría volver a Los Ángeles.

–Nunca digas nunca, eso es algo que he aprendido en la industria de la música.

Llegaron los platos principales. El entrecot de Nicolas estaba muy tierno y la conversación continuó de manera fluida. Viéndola relajada, cada vez estaba disfrutando más de aquella cena. Le resultaba divertido que se le trabara la lengua estando con él y, aún más, pasar la velada con una mujer inteligente e ingeniosa.

–Mis raviolis de espinacas están deliciosos –dijo Chloe–. El yoga también me ha enseñado algo: disfruta de todo lo bueno que ofrece la vida. Minuto a minuto.

Tomó un bocado de pasta y cerró los ojos para disfrutar del sabor. Luego se pasó la punta de la lengua por el labio inferior para deleitarse con la última gota de la salsa de aceite y limón. Nicolas detuvo el tenedor a medio camino de su boca. Le gustaba la comida italiana, pero nunca se había sentido tan excitado viendo a una mujer comer raviolis. Nunca antes había tenido una erección con la pasta.

Chloe abrió los ojos lentamente y se ruborizó. ¿Era apetito carnal lo que veía en su expresión?

–Pruébalos –dijo, ofreciéndole un bocado–. Cierra los ojos y regodéate en el sabor.

–Prefiero mirarte a ti. Se te ve muy sexy cuando comes. Me gustaría descubrir a qué saben tus labios ahora mismo.

Su tono de voz era quedo y sensual. Chloe lo estaba convirtiendo en un voyeur y le gustaba.

Su respuesta no fue verbal. Sus ojos se abrieron y sus pupilas se oscurecieron. Lentamente inspiró por la boca y sus pechos subieron y bajaron al ritmo de su respiración. Eso también le gustó.

–Cuidado, Nicolas, o me harás saltarme la promesa que me había hecho.

Las mejillas le ardían.

–¿Qué promesa?

–Mantener mis manos y labios apartados de ti.

–¿Qué puedo hacer para que te saltes esa promesa?

Chloe abrió la boca para decir algo, justo en el momento en el que el camarero apareció.

–¿Más agua?

–Sí, por favor –contestó ella con voz ronca.

Nicolas se imaginó que le decía eso mismo, pero más tarde en su habitación.

Después de que el camarero le llenara las copas, Chloe bebió un largo trago de agua y se aclaró la voz antes de cambiar el tema de conversación.

–He planeado unas cuantas actividades para que conozcas Plunder Cove. ¿Hay algo en especial que quieras hacer mientras estés aquí?

Nicolas no pudo evitar esbozar una medio sonrisa. Le gustaría hacer más de una cosa con ella. Nunca antes había conocido a nadie como Chloe, tan guapa, auténtica y flexible. Su imaginación se disparó.

Esperó a que el camarero se fuera y se inclinó hacia delante.

–Estoy seguro de que se nos ocurrirá algo –susurró.

–Nicolas…

–¿Sí, preciosa?

Chloe se mordió el labio y se aferró al mantel. ¿Sería así como se agarraba a las sábanas cuando hiciera el amor? Probablemente. De pronto emitió un extraño sonido desde el fondo de la garganta y se atragantó. Tomó su copa de vino y la apuró.

–¿Más? –le ofreció alzando la botella.

–Lo siento –dijo tosiendo unas cuantas veces más–. No esperaba que mi ídolo de juventud me llamara eso.

–¿Preciosa? –preguntó mientras le servía más vino–. Soy un hombre y tú, una mujer preciosa. Podemos divertirnos.

–No es tan fácil. Estoy trabajando y tú… –replicó, y dejó escapar el aire–, tú eres mi Nicky M.

–Puedo ser tuyo esta noche, en carne y hueso. Deja que haga realidad tus sueños. Di que sí.

–¿Y cómo sabes cuáles son mis sueños? –preguntó Chloe jugueteando con su copa de vino.

–Fácil, me los susurrarás al oído uno por uno y los haré realidad.

–¿Eso te funciona con las modelos?

–Claro, se mejora con la práctica. Como en el yoga.

–Será mejor que cambie de tema antes de que me meta en líos.

–Los líos pueden ser divertidos.

–No cuando intentas evitarlos. Llevo años intentando arreglar los desastres de mi vida y todavía no lo he conseguido.

De nuevo, aquel dolor en los ojos de Chloe.

Nicolas frunció el ceño. ¿Qué le habría pasado? Sabía mucho de desastres. Su vida estaba llena de ellos y, en vez de solventarlos, simplemente los dejaba pasar. Algunas cosas eran muy difíciles de cambiar. Pero por primera vez en mucho tiempo, quería ayudar a alguien que no fuera de la industria, una persona normal con problemas normales y labios sugerentes.

–¿Puedo hacer algo para ayudarte?

Ella ladeó la cabeza y se quedó estudiándolo. Luego sacudió la cabeza.

–Por muy tentador que suene, no, ya he caído antes en esa trampa y solo sirve para complicarlo todo. He confiado demasiado en los hombres para tratar de curar mis heridas. Esto lo tengo que resolver yo sola.

–¿Heridas?

El camarero apareció antes de que Chloe pudiera explicarse.

–¿Puede dejarnos un rato a solas?

–Eh, lo siento –dijo el camarero, sorprendido–. No quería interrumpirles. A la chef le gustaría que probaran el postre. Aquí tienen dos cucharas.

El joven se apresuró a dejar un tiramisú regado de chocolate amargo y caramelo, y se fue.

–Según la chef, este tiramisú es mejor que el sexo –susurró Chloe.

–¿Mejor que el sexo? –repitió Nicolas sacudiendo la cabeza–. Eso es que has estado con los hombres equivocados.

–No te lo discuto.

En aquel momento, le daban igual sus motivos para estar en aquel *resort*. Ya estaba planeando dónde empezar a lamerla. Quería curar las heridas de Chloe o, al menos, intentarlo.

Capítulo Cinco

Su mirada le provocó tal subida de temperatura que sintió que se derretía por dentro.

No debería imaginarse su cuerpo sobre suyo. Ningún hombre debería meterse en su cama hasta que no cumpliera la promesa que se había hecho. Se quedó observando su camisa y, antes de que pudiera evitarlo, fantaseó con desabrocharle los botones. Hacía mucho tiempo que no se sentía así. Su cuerpo vibraba de excitación. En condiciones normales, guardaría las distancias, pero Nicolas era un hombre diferente. Tenía el presentimiento de que sus labios sabían mejor que el más delicioso de los postres y estaba deseando probarlos.

Chloe tomó una cuchara, partió un trozo y lo bañó en la salsa de chocolate.

—Muy bien, cierra los ojos y abre la boca.

—Me gusta que una mujer dominante me dé a probar un postre tan sensual.

El corazón le latía con fuerza cuando abrió la boca.

—Ahora, ciérrala. No te limites a saborear. Siente, escucha, saborea el momento.

Echó la cabeza hacia atrás mientras masticaba y gimió de placer. Aquello le produjo un cosquilleo entre las piernas. Iba a resultarle muy difícil resistirse. Cada minuto que pasaba con él, más deseaba saltarse la promesa que se había hecho.

–Me sabe a chocolate, canela, queso mascarpone, café y algunas especies que no acabo de reconocer. Y puedo decirte que lo que oigo… –dijo ladeando la cabeza– es tu respiración, tu corazón latiendo en ese bonito pecho que tienes. ¿Ves? Te acabas de cruzar de piernas. Estás pensando en todos esos sueños que quieres que haga realidad.

Chloe tragó saliva. ¿Cómo lo sabía?

Nicolas abrió los ojos.

–Tal vez sea así con las modelos con las que sales, pero en lo único en lo que estoy pensando es en que quiero probar ese tiramisú.

Su voz la delató. Volvió a revolverse en su asiento para, como él había dicho, aliviar su sofoco.

–Admítelo. Me deseas más que cualquier postre.

Ese fue el momento en el que decidió decir que sí. ¿Cuándo volvería a tener la ocasión de besar a Nicky M? ¿Cuándo volvería a sentir un deseo así? Nunca antes había sentido algo así y no estaba dispuesta a dejarlo pasar. Tal vez hubiera usado a todos aquellos hombres para olvidarse de sus problemas, pero ninguno la había hecho sentirse de aquella manera.

Se mojó el dedo en la salsa de chocolate.

–Me gustan las cosas dulces y pegajosas –dijo chupándose el dedo–. Respecto a la promesa… Si es cierto que me deseas…

–Por supuesto.

–Estoy dispuesta a saltármela esta noche.

–Son las mejores noticias que he oído en lo que va de año –afirmó él sonriendo.

Luego se puso de pie y le apartó la silla para que se levantara antes de ofrecerle su brazo.

–Ven, vámonos de aquí –añadió.

Chloe estaba temblando cuando la condujo fuera, hacia la senda iluminada por antorchas. Mucho había cambiado en pocos minutos. La cabeza le daba vueltas. ¿De veras estaba haciendo aquello? ¿Iba a tener una noche ardiente e inolvidable con el hombre de sus sueños?

Tragó saliva.

Como si pudiera sentir lo nerviosa que estaba, Nicolas se detuvo y se volvió para mirarla. Tomó su rostro entre las manos. Aquellos dedos habilidosos hicieron arder su piel.

–¿Me deseas, *minha gatinha*? Puedes decir que no, no me lo tomaré a mal.

El deseo inundaba sus sentidos. Los muros que había levantado para aislarse del pasado se estaban derrumbando.

Se puso de puntillas y besó a Nicolas Medeiros en la boca. Cuando le devolvió el beso, descubrió que sus labios eran mucho más deliciosos de lo que había imaginado.

–Vaya.

–Mucho mejor que el tiramisú –dijo él, acariciándole la mejilla.

Su corazón latía con fuerza y cada célula de su cuerpo deseaba otro beso. Tuvo que hacer acopio de su fuerza de voluntad para ponerle la mano en el pecho y no abrirle los botones. No podía arriesgarse a besar a un huésped tan importante donde su padre o cualquier empleado podían verlos.

–Vamos a otra parte, a un lugar secreto.

–De acuerdo. Me gustan los secretos de Chloe –susurró junto a su oído.

Lo tomó del brazo y lo llevó a la parte posterior del jardín, dejando atrás la fuente. Al pasar bajo una glicinia, cortó una flor morada y la olió.

–Huele tan bien como tú.

¿Había reparado en su olor? Estaba en serios apuros. Deseaba volver a saborear sus labios. Tenía el presentimiento de que en cuanto empezara a disfrutar de él, estaría perdida. ¿Estaba dispuesta a echar a perder todo el esfuerzo que había hecho en el último año para mejorar por una aventura pasajera?

Sabía que no debería, pero en aquel momento, quería disfrutar con Nicolas. Ya lidiaría con las consecuencias más tarde.

–Por aquí –dijo Chloe abriéndose paso entre los arbustos–. Ten cuidado de no engancharte la ropa.

Fueron a dar a uno de los parajes favoritos de Chloe: una pequeña pradera de hierba al borde de los acantilados que daban al océano Pacífico. La luna brillaba sobre el agua y el cielo estaba cubierto de estrellas. Una suave brisa llevaba hasta ellos un olor salino.

–Estaba pensando que este lugar sería ideal para el programa. Podríais grabar a los concursantes al atardecer. El entorno es inspirador, perfecto para escribir canciones.

–¡Vaya paisaje! La forma de la bahía me recuerda a la luna cuando apenas es una línea en el cielo.

Era increíble su imaginación. Por eso le gustaban tanto las letras de sus canciones.

–Aquí es donde los piratas Harper solían desembarcar sus botines y donde los piratas modernos nos desnudamos –dijo y se detuvo–. Nos gusta nadar por la noche. La fosforescencia del agua es sorprendente si no lo has visto nunca antes.

–Tal vez más tarde. ¿Cuándo fue la última vez que trajiste a un hombre a este rincón secreto?

–Hacía años que no venía y siempre lo hacía sola.

–¿Años?

–Sí. Cuando mis padres se separaron, a mi madre y a mí nos echaron de la mansión. Pero antes de eso, era aquí donde venía huyendo de las discusiones. Nadie sabía dónde estaba.

–Tuviste una infancia difícil, por lo que veo –dijo rodeándola con sus brazos y atrayéndola contra su pecho.

–Así es. Muchas veces me sentí sola e impotente.

Comprendía muy bien aquellos sentimientos.

–Tú fuiste el que me salvó –añadió.

–¿Cómo es eso? –preguntó Nicolas ladeando la cabeza para mirarla.

–Cuando mis padres discutían a gritos, tu música me acompañaba. Siento como si te conociera de toda la vida.

–Me habría gustado conocerte entonces. Habría hecho cualquier cosa por hacerte sonreír, incluso por robarte un par de besos.

–Habría perdido el conocimiento si los labios de Nicky M hubieran rozado los míos.

–¿Y ahora?

La volvió en sus brazos y la besó en los labios.

–Todo me da vueltas. Más, por favor.

Lo rodeó con los brazos por el cuello y atrajo sus labios a los suyos. El beso se volvió más intenso y sintió como si volara por el acantilado. Nicolas cambió de postura para estrecharla contra él y Chloe se recostó en él. Al sentir que todo él estaba duro, contuvo la respiración.

–Chloe –le susurró al oído–, decide tú si quieres que volvamos a mi habitación y hagamos el amor toda la noche. El resto puede esperar. Nada de compromisos ni ataduras.

–Esto no interferirá en el contrato del programa, ¿verdad? Será solo una noche de diversión.

–Una noche sexy de diversión.

–Trato hecho –dijo ella tendiéndole la mano.

Se la estrechó y se la giró antes de llevársela a los labios. Luego besó sus nudillos y se llevó su pulgar a la boca, deleitándose como si fuera lo más dulce que había comido en su vida.

–Trato hecho.

Capítulo Seis

Nicolas la besó apasionadamente para sellar su acuerdo. Luego la tomó de la mano y la condujo de vuelta a la mansión. No se cruzaron con nadie. Estaban solos.

–¿Quieres beber algo? –le preguntó ella–. Puedo traer algo de la bodega.

–¿Hay *cachaça*?

–No sé qué es eso.

–Es parecido al ron. Se usa para hacer caipiriña, una de mis bebidas favoritas. Si no, puedo tomar bourbon, whisky, tequila…

–Siéntate –dijo señalándole una butaca–. Iré a ver qué hay.

–¡Espera! –exclamó, y la tomó de la muñeca–. No te vayas.

Chloe le dirigió una mirada muy sensual. Sus ojos se habían oscurecido por la pasión. Se mordió el labio como si ya estuviera sintiendo su boca junto a la suya. Deseaba besarlo tanto como él a ella.

Nicolas la atrajo hacia él, la tomó de la cintura y unió sus labios a los suyos. Cuando sintió su lengua empujando contra sus labios, abrió la boca y la dejó entrar. Chloe emitió un sonido de placer. La buscó con su lengua y la saboreó todo lo que pudo. Luego la acorraló contra la pared, deseando tomarla allí mismo. Deseaba sentir, alcanzar la cima juntos hasta que sus gemidos llenaran su cabeza y se convirtieran en esa música que era incapaz de crear. Deseaba desesperadamente liberarse.

Sin apartar la vista de ella, fue deslizando una mano desde su cuello por su escote, hasta tomar uno de sus pechos. Luego, lo acarició por encima de la ropa. Era perfecta.

—Quiero verte desnuda —susurró.

Chloe respiraba entrecortadamente. Tenía las manos puestas en su trasero.

—Lo mismo digo.

Siguieron besándose y acariciándose en el pasillo como dos adolescentes. Estaban tan excitados que eran incapaces de dirigirse a la habitación de uno o de otro.

De pronto se oyó un sonido al fondo del pasillo y Chloe apartó los labios de él.

—¿Será mi padre? No puede enterarse de que estamos juntos. Venga, vámonos.

Tiró de él hacia su habitación, abrió la puerta con la llave maestra y lo empujó al interior. Apenas había tenido tiempo de darse cuenta de lo apurada que estaba de que su padre los viera juntos. Sentía sus labios en el cuello y estaba jadeando de aquella manera que lo excitaba tanto. A aquellas alturas, le daba igual todo.

—Nicolas… —dijo junto a su cuello—. Hay algo que deberías saber.

—¿Otro secreto?

—Más bien es una confesión. Hace tiempo que no estoy con nadie. Probablemente no tenga tanta práctica como las mujeres con las que sueles salir.

No me parezco en nada a tu última modelo. No quiero que te lleves una decepción.

–¿Mi modelo?

–Dime la verdad –dijo echando la cabeza hacia atrás para mirarlo a los ojos–. ¿Quieres acostarte conmigo por despecho? Entiendo el sexo por venganza o que lo que quieras sea olvidarla. Es solo que… quiero saberlo.

Hacer el amor con una mujer atractiva le ayudaría a superar lo que Lila y Billy le habían hecho. Nunca más volvería a confiar en nadie.

Pero nada de eso tenía que ver con Chloe.

–He superado lo de Lila.

–Gracias a Dios –dijo ella y soltó el aire que estaba conteniendo–. Era terrible. Te mereces a alguien mucho mejor. No te haría lo que ella te hizo.

–Te deseo, Chloe. Eres especial, diferente, sincera. Me da igual que hayas perdido la práctica. Te prometo que lo vamos a pasar bien.

–¿Me deseas?

–Claro que sí.

Chloe vaciló y Nicolas se preguntó una vez más por qué se había hecho esa promesa de no tocarlo.

–Bien –susurró ella junto a sus labios.

–Ahora me toca a mí –dijo él–. Me preocupa que te lleves una desilusión. Estoy bajo mucha presión por estar a la altura de tus fantasías.

–¿Así que los dos estamos nerviosos, eh? ¿Qué podemos hacer para calmarnos? –preguntó sonriente, antes de colocar la mano sobre el bulto de sus pantalones.

–Cuidado. Como sigas saltándote tu promesa así, vamos a meternos en un lío.

–Esa es la idea. Voy a meterme en un buen lío esta noche y sin remordimientos.

Nicolas se alegraba de que estuvieran en la misma sintonía. Apenas tenía amigas. A excepción de unas pocas relaciones breves, sus aventuras apenas duraban un fin de semana. Si no quería pasar la noche con él, se iría de Plunder Cove y mandaría a alguien en su lugar para que se ocupara de conocer el complejo hotelero de cara al programa. No estaba dispuesto a soportar una semana de frustración sexual.

–Te deseo, Nicolas –dijo deslizando las manos por su espalda–. Necesito tocarte.

Él hundió las manos en su pelo y devoró su boca, mientras ella comenzaba a desabrocharle los botones de la camisa. Luego se quitó la camisa y la vio contener una exclamación. Aquello fue una inyección a su ego.

Se colocó ante ella, dispuesto a dejar que llevara la iniciativa. Chloe lo recorrió con la mirada como si estuviera memorizando cada centímetro de su piel, antes de poner las manos sobre su pecho y acariciarlo.

–Qué cálido y musculoso. Mis fantasías no se parecen en nada a esto.

–Puedes tocarme todo lo que quieras –replicó sonriendo.

–¿Qué te pasó aquí? –preguntó ella deslizando un dedo sobre una cicatriz en la clavícula.

–Un accidente que tuve de niño haciendo surf.

–¿Haces surf? No lo sabía. A mí me encantaba.

–A mí también, pero ya no tengo tiempo de practicarlo.

–No hay olas muy altas en Plunder Cove, pero podemos hacer surf mientras estés aquí.

–¿Desnudos? –preguntó él.

Lo miró a los ojos para comprobar si estaba bromeando y sonrió con picardía.

–Mientras no nos vea nadie…

¿A quién se refería, a alguien de su familia? Era una mujer adulta. ¿Por qué le preocupaba lo que pensara su familia? Tal vez lo que le preocupaba era lo que pensaran si la veían con él. Ya lo descubriría más tarde.

–Eres muy guapo –dijo deslizando los dedos por sus costillas hasta los abdominales–. No puedo creer que te esté acariciando. Parece un sueño.

–Eres preciosa –susurró, tomándola de la barbilla para obligarla a mirarlo a los ojos.

Chloe presionó los labios contra su pecho en un largo e intenso beso. Luego, inhaló el olor de su piel, gimiendo de placer.

Nicolas la rodeó por la espalda mientras ella se apoyaba en su corazón y comenzaba a salpicar de deliciosos besos su piel. Lo estaba saboreando como si fuera su tiramisú. Nunca antes había estado tan excitado con los pantalones puestos. Chloe era una mujer muy sexy sin ni siquiera quitarse la ropa, algo que quería remediar enseguida. Por mucho que dijera que había perdido la práctica con los hombres, era evidente que sabía muy bien cómo hacer disfrutar a un hombre. Le gustaba su ritmo lento e intenso, pero cada vez le costaba más contener sus hormonas. Estaba deseando desesperadamente besarla. Sintió sus uñas en la espalda y se le puso la piel de gallina. Cuando sintió su mano aferrándose a su trasero, no pudo contenerse más.

—Chloe, quiero verte desnuda.

La atrajo hacia él, la tomó por el trasero y se la llevó a su habitación.

La dejó de pie junto a la cama y se sentó en el colchón para observar cómo se desnudaba.

Con la mirada fija en la suya, se bajó la cremallera y dejó que el vestido cayera al suelo. Llevaba un sujetador y unas bragas azules, a juego con el vestido, que le sentaban muy bien, pero que también quería verlos en el suelo.

Al verla quitarse las bragas, contuvo la respiración. Su cuerpo era fibroso y esbelto, resultado de años practicando yoga. Tenía la cintura fina, los pechos perfectos y los abdominales marcados.

—Eres preciosa.

Se puso de pie, se quitó los pantalones y los calzoncillos, y la rodeó con sus brazos antes de besarla en el cuello. Luego, deslizó la mano desde el hombro por el pecho, el vientre y el costado hasta llegar a su trasero. Durante todo el tiempo, Chloe no apartó la vista de sus ojos.

Nicolas volvió a sentarse en la cama y le hizo separar las piernas hasta sentarse a horcajadas sobre su regazo. Enseguida comenzó a acariciar sus pliegues.

—Dime qué quieres, Chloe.

Ella contuvo una exclamación y cerró los ojos.

—A ti.

—Mírame —le ordenó, y esperó a que lo hiciera—. No soy ninguna fantasía. Dime qué quieres.

—A ti. Quiero sentir tu boca en mí.

Sonrió, la sujetó por la espalda y le dio un beso allí donde quería.

—¡Oh, Dios! —exclamó, y perdió el equilibrio sin poder remediarlo.

—Te tengo —dijo antes de volver a besarla.

Chloe se retorció entre sus brazos. Comenzó a lamerla y ella jadeó. Parecía estar cerca del orgasmo, pero quería ir con calma para hacerla saborear cada segundo. Él también estaba muy cerca.

La chupó con fuerza y ella gritó, derrumbándose entre sus brazos.

Nicolas la levantó y la dejó sobre la cama.

—No te muevas. Enseguida vuelvo —dijo, y fue a buscar un preservativo.

—¿Moverme? ¿Con qué huesos?

Volvió con el preservativo, lo dejó sobre la almohada y se tumbó al lado de ella.

—Esta noche eres mío —afirmó.

Deslizó la mano por su pecho y su vientre hasta cerrarla sobre su miembro erecto. Luego se acercó y se lo llevó a la boca. Algo hizo con su lengua que le hizo ver maravillas.

—Dios mío, Chloe, necesito penetrarte.

Ella tomó el preservativo y se lo puso antes de subirse encima. Estaba muy húmeda y excitada. Comenzó a cabalgarlo con fuerza y velocidad, como si deseara con desesperación liberarse. Pero no quería que lo hiciera todavía.

La sujetó por las caderas y le hizo bajar el ritmo. Quería saborear cada minuto. Se irguió para llegar a sus labios y la besó mientras la penetraba hasta el fondo y luego se retiraba lentamente. Podía sentir la tensión de sus músculos mientras devoraba su boca. Quería tocarla todos los rincones a la vez, darle placer de muchas maneras.

De nuevo se hundió hasta el fondo y salió lentamente. Chloe movía las caderas al mismo ritmo que él.

Esta vez la penetró aún más despacio. Ella jadeó y se mordió el labio mientras salía. Aquel gesto de placer aumentó la excitación de Nicolas. Ambos jadeaban. Chloe tomó su rostro entre las manos y le lamió los labios. Un torbellino de emociones invadió su expresión. Nunca antes había visto nada tan sexy ni se había sentido tan unido a una mujer.

Chloe separó los labios y gimió. Aquel sonido le llegó hondo. Ese no era su estilo. Sentía emociones que no acababa de comprender, pero que le gustaban. Quería que aquella noche fuera tan buena para ella como lo estaba siendo para él. No quería que terminara nunca. Por unos instantes, oyó música en su alma.

Le acarició la espalda, las caderas y las piernas, y se hundió aún más. Ella jadeó y se aferró a su hombro. Una oleada de ardiente placer lo recorrió. La sostuvo por las caderas y la animó a que aumentara el ritmo. Chloe comenzó a moverse con más rapidez y echó la cabeza hacia atrás a la vez que arqueaba la espalda. Nicolas sintió que la vista se le nublaba, ya no podía contenerse más. Al oírla gritar, se unió a ella en aquel viaje hacia el éxtasis.

Capítulo Siete

Nicolas rodeó a Chloe con su brazo para sentirla cerca mientras dormía. Se había quedado agotada, completamente saciada, y se durmió con una sonrisa en los labios.

Enseguida empezó a soñar. Estaba en el escenario, preparándose para cantar, pero no recordaba la canción. El público empezó a pitarle y a llamarle fracasado. Era un sueño que se repetía con cierta frecuencia, al menos una vez al mes, aunque esta vez había algo diferente. Chloe estaba a su lado, tomándolo de la mano.

–No les hagas caso, Nicky –le dijo, y lo besó en la mejilla–. Supérate.

Por ella, tomó la guitarra y empezó a cantar, y enseguida se ganó al público.

La música parecía tan real que abrió los ojos. Por unos segundos no supo dónde estaba.

No se entretuvo pensando en el sueño porque tenía que darse prisa y tomar su guitarra. Todavía oía los acordes de la melodía. Se levantó con cuidado de no despertar a Chloe, se llevó la guitarra a la habitación que había al otro lado de su suite y cerró la puerta.

Las primeras notas surgieron de golpe directamente de sus dedos. Tocó los acordes de la canción de su sueño una y otra vez, tratando de recordar el resto. Pero no lo consiguió. Aun así, sonrió. Milagros así hacia tiempo que no le ocurrían. Se sentía jubiloso. Por primera vez en años, estaba componiendo una nueva canción.

Chloe había abierto aquella puerta en su interior que tanto tiempo llevaba cerrada. ¿Cómo lo había conseguido? Solo se había acostado una vez con ella y seguía soñando con tenerla. Eso no le había pasado nunca. Le había llegado al fondo, tal vez más que nadie, y había convertido su pesadilla recurrente en una canción con potencial.

Volvió a tocar los acordes, esta vez más rápido, con más entusiasmo. El sonido era único y original, y sintió esperanzas.

Y todo, gracias a Chloe.

Era pronto, alrededor de las cinco de la mañana, cuando Chloe se despertó y se quedó mirando a Nicolas. Estaba muy guapo.

Un rayo de luz de luna se filtraba por la ventana y realzaba el mechón de pelo que le caía sobre la frente. Tuvo el impulso de apartárselo, pero no quiso moverse para no despertarlo. Se quedó quieta observándolo. Parecía relajado y respiraba profundamente. Lo mejor era que seguía rodeándola con su brazo, como si quisiera retenerla a su lado. Si así era, estaba dispuesta a permanecer a su lado para siempre. Pero ese era un pensamiento absurdo. Era una aventura de una noche, nada más. Era la mujer más afortunada del mundo, nada más. La noche había sido mágica, pero era algo pasajero porque necesitaba encontrarse a sí misma.

Nicolas había cumplido su palabra y la había amado como si fuera especial, importante. Le había hecho alcanzar cimas que nunca antes había conocido. Se había dejado llevar, disfrutando de cada momento. Era un hombre increíble. Sería un bonito recuerdo que atesorar y al que recurrir cada vez que se sintiera sola, como en aquel momento.

Incluso en su cama, teniéndole al alcance de su mano, respirando su olor y estudiando su rostro una última vez, se sentía vacía. Se conocía lo suficientemente bien como para saber que esa noche de pasión le traería consecuencias. Ya estaba deseando más besos y caricias, más Nicolas.

Parpadeó al sentir que le ardían los ojos. La noche anterior había sido un sueño. Tenían que volver a la realidad, él a seguir siendo el huésped del hotel y ella a mostrarse profesional. Tenía que continuar buscando algo que durara más de una noche. Su acuerdo como toda una profesional. Ya habían cumplido con su pacto secreto. Si se quedaba para darle los buenos días, solo conseguiría ponerse en ridículo. Lo mejor sería irse antes.

Se levantó sigilosamente de la cama, salió de puntillas de la habitación y se fue a la suya sin derramar una lágrima. No quería admitir que había tenido el mejor sexo de su vida con el hombre de sus sueños. A las seis se iría a su clase de yoga y actuaría como si nada hubiera pasado, como si todo su mundo no se hubiera puesto patas arriba solo por estar en sus brazos.

Probablemente, para él no había pasado nada digno de destacar. No sería más que una mujer en su lista a la que en un par de días olvidaría.

No podía dejar que eso le importara. Al fin y al cabo, desde el principio había sabido que aquello solo sería la aventura de una noche. A partir de ese momento, su misión era enseñarle Plunder Cove a Nicolas y hacer que se entusiasmara con el entorno. No formaba parte del plan enamorarse. Su familia dependía de ella y tenía que encontrar la manera de conseguirlo.

Después de ducharse, encontró una nota de su padre sobre la cama: «Quiero hablar contigo». Aquello no podía ser nada bueno.

¿Se habría enterado de que había pasado la noche con Nicolas? ¿Qué opinión se haría de ella? ¿Se enfadaría, le diría que se fuera a Los Ángeles? Una vez se sintió preparada para hacer frente a aquellas preguntas, Chloe llamó a la puerta del estudio de su padre. Le sudaban las manos.

–Adelante.

–Hola, papá. ¿Estás bien? Es muy pronto.

Nada más entrar se sintió como la niña de once años que al perder el control de su bicicleta se había estampado contra el Lamborghini, dejando un arañazo.

RW Harper estaba sentado al otro lado de su escritorio. Nada más verla entrar, volvió el cuaderno en el que estaba escribiendo. Chloe tuvo tiempo de ver unas columnas, como si estuviera elaborando una lista de pros y contras.

–No podía dormir. Pasa, cariño. Hay algo de lo que quiero hablarte.

–Sí, lo sé, papá. Simplemente ha surgido. Pero no volveré a hacerlo otra vez, te lo prometo.

–Es por tu madre –dijo mirándola por encima

de las gafas–. Tienes que convencerla de que se marche de Plunder Cove. Tal vez a ti te haga caso. Quiero que se vaya antes de que Angel vuelva.

Sintió alivio al comprobar que aquello no tenía nada que ver con la noche de pasión que había pasado con el hombre al que tenía que mostrar el encanto del hotel familiar.

–¿Tienes noticias de Angel? ¿Cuándo va a volver a casa?

Su padre la miró muy serio.

–No, no sé nada de ella, pero estoy haciendo unas gestiones para que vuelva. La necesito, Chloe. Voy a hacer todo lo posible para que se sienta segura aquí.

–Me alegro, papá. Debería estar aquí contigo. Se os ve muy bien juntos.

–Es gracias a ella. Me hace sentir mejor persona.

La rotundidad de su voz confirmó su teoría de que su padre se estaba enamorando de Angel. ¿Sería consciente? Se quedó observándolo. En su rostro había signos de fatiga, pero ya no parecía tan deprimido como en otras épocas. Más que eso, se le veía muy animado y su mirada era tan penetrante como siempre. Aquel cuaderno en el que le había visto escribiendo, ese que no quería que leyera, la intrigaba. Seguramente tenía que ver con su plan para traer a Angel de vuelta a casa. ¿Qué estaría tramando?

–Tu madre no puede quedarse aquí, Chloe. Tiene que volver a Los Ángeles.

–Hablaré con ella, papá, pero ya conoces a mamá.

–Así es, por desgracia.

Claire Harper era incansable, una mujer que se salía con la suya y que convertía en un infierno la vida de aquel que intentara detenerla. Chloe no sabía por qué su madre no se había ido todavía. Tal vez quisiera ver el complejo hotelero terminado. Estaba muy orgullosa de los logros de Jeff. Chloe cruzó los dedos y confió en que aquella fuera la razón por la que siguiera en Plunder Cove y no por alguna razón más siniestra.

–Lo intentaré.

–Por favor, haz lo que puedas. Te necesito a Angel –dijo RW.

¿Por favor? RW no usaba esa expresión nunca.

–De acuerdo –replicó Chloe y le dio un beso en la mejilla–. ¿Puedo hacer algo más por ti?

–Una cosa más: ten cuidado.

Al mirarla a los ojos, vio en su padre un torbellino de emociones. Estaba acostumbrada a ver en él furia y mal humor. Sin embargo, desde que Angel había entrado a formar parte de su vida, Chloe había descubierto lo expresiva que podía ser la mirada de su padre. Era un hombre muy diferente al que le había roto el corazón siendo una niña. Su transformación había sido extraña a la vez que increíble.

–Lo tendré, papá, no te defraudaré.

Capítulo Ocho

Nicolas la buscó antes de abrir los ojos, pero se encontró la cama vacía. ¿Se había levantado antes del amanecer? Las mujeres no solían salir huyendo de su cama tan rápido. Por lo general, las acompañaba a la puerta y su chófer se encargaba de llevarlas a casa.

«Pero, ¿qué esperabas? Ha sido una aventura de una noche. Se lo dejaste bien claro».

Le resultaba extraño, pero lo cierto era que se sentía triste. Aunque era lo que había querido la noche anterior, no se sentía del todo feliz. El modo en que Chloe hacía el amor o, mejor dicho, lo saboreaba, era inspirador. Nunca había estado con una mujer que lo hubiera tocado de aquella manera. ¿Una segunda noche sería igual? ¿Podía pedirle que prolongaran su acuerdo?

Seguramente no. Le había dejado bien claro que no quería que su familia se enterara de lo suyo. Iba a tener que comportarse como si Chloe Harper le fuera indiferente.

Aprovechando que estaba despierto, sacó su ordenador y se puso a trabajar como si fuera cualquier otro día.

Después de una hora analizando a los candidatos, se estiró y se puso de pie. Necesitaba tomar un descanso. Empezaba a mezclar canciones. ¿Por qué aquellos chicos no escribían algo original? Quizá porque ninguno de ellos había vivido lo suficiente. Escribir historias requería un trasfondo, una angustia, una pérdida. Suspiró. Había conocido todo aquello antes de cumplir los once años y lo cierto era que no se lo deseaba a nadie.

Salió a la terraza. El sol acaba de salir y respiró hondo mientras contemplaba el paisaje. El olor de las flores le recordó a su infancia en Brasil y deseó darse un baño, desnudo, con Chloe.

La vio abajo en el jardín. Estaba dando una clase a un pequeño grupo de siete mujeres, pero ninguna lo hacía tan bien como ella ni era tan guapa. Se puso el bañador, decidido a convencerla de que lo acompañara a nadar después de su sesión de ejercicios. Tal vez, una vez en la playa, podrían quitarse los bañadores.

Siguió trabajando hasta que oyó una puerta cerrarse al otro lado del pasillo. Se echó una toalla al cuello y llamó a su puerta. Se sentía como un adolescente, lanzando piedras a la ventana de su novia. Pero habían pasado muchos años y muchas novias después de aquella primera chica. Chloe no era más que una conquista sexy, pero aun así, su corazón se aceleraba al pensar en volver a verla.

Debía de haberlo visto por la mirilla porque, cuando abrió la puerta, tenía las mejillas sonrosadas. No llevaba maquillaje y la trenza le caía por un hombro. El top y los pantalones de yoga marcaban cada una de sus curvas. Tenía que dejar de mirarla. El bañador se le estaba ajustando por segundos.

–No he venido a buscar líos –le dijo rápidamente–. ¿Te apetece venir conmigo a hacer surf?

70

–¿Ahora?

–Sí, a menos que tengas pensado que hagamos otra cosa.

–Pensaba empezar desayunando. ¿Prefieres subirte a las olas antes?

Nicolas se apoyó en el marco de la puerta y se cruzó de brazos.

–¿Qué hay de desayuno?

Chloe tragó saliva como si supiera lo que estaba pensando. Quería volver a saborearla. Podía prescindir de los huevos y el beicon y para toda la mañana besándola.

–Lo que te apetezca.

Se apartó de la puerta y se acercó a ella. Olía muy bien.

–En ese caso, me muero por volver a probar lo de anoche. Te has ido antes de que amaneciera. ¿Por qué?

–Teníamos un acuerdo. Solo una noche.

–Me siento estafado. Vas a tener que compensarme.

Le tomó la mano y se la acarició. Estaba dispuesto a prometerle cualquier cosa si accedía.

–Quedamos en que sería algo casual, pasajero.

Así debía ser, pero nada de lo de la noche anterior había sido casual. Chloe le había dado algo especial, se había entregado. La gente no solía hacer eso cuando tenía una aventura, siempre ocultaban algo. Chloe no se había guardado nada. A su lado se había sentido como si llevaran años siendo amantes. O mejor aún, como si llevaran años enamorados. Nunca antes había conocido una sensación como esa y deseaba más, necesitaba más. Le sorprendía la creciente necesidad que sentía por ella. No era su tipo. Chloe era sincera, auténtica, real. Nunca había estado con nadie así.

–No lo entiendo. ¿Todavía me deseas?

–Desde luego. Chloe, anoche fue una de las mejores...

Chloe tomó la toalla que tenía en el cuello y lo atrajo. Nicolas olvidó lo que iba a decir al sentir sus labios fundiéndose con los suyos. Besaba muy bien. Sus lenguas se encontraron y al instante sintió una erección.

–Entra –susurró ella.

Luego lo hizo pasar al interior de su habitación y cerró la puerta. Nicolas la empujó contra la pared, le levantó una pierna y le hizo rodearlo con ella. A continuación la agarró por las caderas, la colocó en la posición adecuada y la besó con ardor.

Chloe tomó su rostro entre las manos y lo besó apasionadamente. Ella también estaba hambrienta. La besó en el cuello y le quitó el top por los hombros. Debajo llevaba un bonito sujetador negro de encaje.

–Eres preciosa.

Fue besándola por el cuello y el escote mientras le desabrochaba el sujetador y liberaba sus pechos exquisitos. No eran grandes ni pequeños, simplemente perfectos. Le acarició uno a la vez que le besaba el otro.

Chloe gimió de placer.

–Más.

Al sentir que le chupaba el pezón, arqueó la espalda y echó la cabeza hacia atrás respirando aceleradamente.

–Si te gusta, dímelo, *gatinha* –dijo Nicolas.

–Más, quiero más.

Chloe buscó su erección con las caderas y comenzaron a moverse al unísono, como si estuvieran bailando al compás de una melodía sensual. Nicolas cerró los labios sobre el otro pezón y empezó a jugar con él, chupándolo y mordisqueándolo. Luego, deslizó una mano bajo sus pantalones de yoga y, después de comprobar que no llevaba bragas, hundió un dedo en su húmeda calidez.

–Oh, me gusta, es…

No pudo terminar la frase y empezó a agitarse contra su mano.

Nicolas le chupó el pezón mientras se movía. Chloe gritó al desmoronarse. Estaba muy guapa y volvió a fundir sus labios con los suyos para saborear una vez más.

–¿Entonces? ¿Podemos prolongar nuestro acuerdo? Quédate otra noche conmigo, toda la noche esta vez.

Chloe apoyó la frente en la suya y abrió los ojos.

–Prometí mantenerme apartada de ti y fíjate lo que he hecho.

–¿A qué se debe esa promesa?

Se sentó en el sofá y tiró de ella para que se colocara sobre su regazo.

–Estoy intentando ser mejor persona antes de tener otra relación.

–A mí me pareces maravillosa.

–No, no lo soy. No sabes lo que es ser una Harper. Nunca me han amado, Nicolas. Quiero lo que tiene el resto de la gente, quiero sentirme amada. Creo que me lo merezco.

–¿Tu familia no te quería?

–Mi padre nos apartó de su lado y no tuve contacto con ninguno excepto con mi madre. Y mi madre… Digamos que nunca ha sido cariñosa.

–Te mereces ser amada, *gatinha* –dijo, y la besó suavemente en los labios–. Has tenido una racha de mala suerte, eso es todo. No tienes por qué cambiar.

–Eres increíble, Nicolas. Me alegro de haberte conocido.

–¿Hacemos otro trato? –preguntó tendiéndole la mano–. Te demostraré que eres especial tal y como eres. Si funciona, pasaremos juntos toda una semana. Eres mejor persona de lo que piensas. Déjame que te demuestre lo maravillosa que eres.

–¿Y cuando acabe la semana?

–Volveré a Los Ángeles para preparar el programa.

–¿Otra vez sola? –dijo acariciándole la mejilla–. ¿No quieres algo más en tu vida? Yo espero mucho de la vida y de las relaciones.

–Las relaciones no duran. Todo lo que quiero está aquí ahora. Estoy deseando verte desnuda y hacerte el amor.

La erección no le había bajado y se moría por tenerla debajo o encima, lo que ella quisiera.

Chloe le pasó el dedo por el labio inferior.

–Yo también lo estoy deseando. Pero quiero algo duradero. Nunca antes he tenido una relación seria y, a estas alturas de mi vida, creo que ha llegado el momento de buscar el amor verdadero. ¿No te gustaría tener a alguien que llene tus rincones más oscuros?

En otra época había creído que eso era lo que quería. Pero no lo había conseguido entonces ni lo conseguiría ahora. No estaba hecho para tener relaciones serias y, a pesar de que no podía ofrecerle a Chloe lo que buscaba, quería estar con ella aunque fuera poco tiempo.

–Las relaciones largas no están hechas para mí. Todo el mundo va a lo suyo y al final cada uno se va por su lado –dijo, e hizo una pausa antes de continuar–. Te haré feliz durante una semana, pero no soy el hombre de tu vida, *gatinha*. No sé cómo ser ese hombre.

Se quedó mirándolo con tanta angustia que el corazón se le encogió, pero se mantuvo firme. No podía mentirle. El siguiente paso le correspondía darlo a ella.

–Decide lo que quieras, Chloe, y te lo daré –dijo apartándola de su regazo–. Sin preguntas ni presiones. Voy a darme una ducha y después desayunaremos. Estoy muerto de hambre. Más tarde, podemos ir a hacer surf.

Capítulo Nueve

«¿Nicolas Medeiros me desea?».

Habría pensado que estaba soñando si no hubiera sido porque las piernas le temblaban después de sus caricias. Disfrutaba con aquel hombre como con ningún otro. Sentía el impulso de salir corriendo por el pasillo para volver a estar con él. Pero algo la tenía clavada a la alfombra.

«Al final cada uno se va por su lado».

Conocía perfectamente aquella sensación. ¿Tendría algo que ver con su reciente ruptura? No lo sabía, pero ella nunca había sido una de esas personas que una vez conseguía lo que quería, se marchaba.

Le gustaría ser la mujer con la que descubriera lo que era una relación estable. Era curioso; aunque nunca había tenido una relación seria y tal vez aún no estuviera preparada para tenerla, estaba segura de que era capaz de amar a alguien de por vida. Por eso había querido encontrarse a sí misma antes de volver a salir con alguien.

Claro que eso había sido antes de conocer a Nicolas.

Sentía algo por él, pero no quería estar en su lista de conquistas. Lo mejor para ambos sería mantenerse alejada de él, por mucho que le gustara sentir sus labios en su piel.

Claro que guardar las distancias le resultaba imposible, tanto personal como profesionalmente.

¿Cómo iba a cumplir su objetivo si no podía trabajar con él? Nicolas era el único encargo que le había hecho su familia. ¿Qué le diría su padre si se enteraba de que no iba a poder cumplir con lo que le había pedido porque deseaba a Nicolas Medeiros por encima de cualquier contrato?

Gruñó. ¿Qué podía hacer?

«Un momento, ¿qué ha sido eso?».

Abrió la puerta y asomó la cabeza al pasillo. ¿Música? Nicolas no estaba en el pasillo, sino tocando la guitarra en su habitación. La melodía era cautivadora y apasionada, como el propio Nicolas.

El móvil de Chloe sonó en la mesilla de noche. Cerró la puerta y vio en la pantalla que le llamaba Michele.

–Será mejor que bajes cuanto antes –susurró Michele–. Tu madre quiere que le prepare el desayuno. Mejor dicho, me lo está exigiendo. Dime que puedo echarla con una patada en el trasero.

–¡No, ni se te ocurra! No la eches o montará una escena. No quiero que Nicolas vea los numeritos de mamá.

–¿No está el hombre de la mirada irresistible contigo?

–Dile a mi madre que enseguida voy –dijo ignorando su pregunta–. Prepárale un bloody mary y no charles con ella. Repito, no le des coba.

–Ni que fuera un monstruo.

A regañadientes, Chloe se puso un vestido blanco y fue en busca de su madre. La encontró en la misma mesa en la que Nicolas y ella habían compartido la noche anterior. Desde allí se podían contemplar las mejores vistas del complejo.

—Chloe, querida, me alegro de que vengas a desayunar conmigo —dijo su madre a modo de saludo, y le dio un beso en la mejilla—. La chef es detestable, no sé qué ve Jeff en ella.

—Lo cierto es que es encantadora —replicó sentándose—. ¿Qué estás haciendo aquí, mamá?

—¿No puedo desayunar con mi hija?

—Claro, pero podíamos haber quedado en cualquier otra parte, por ejemplo en Santa Mónica.

Claire dio un sorbo a su bloody mary.

—Esperaba encontrarme con tu padre. ¿Puedes llamarlo y pedirle que nos acompañe?

—¿Quieres que papá desayune con nosotras? ¿Por qué?

—Tú y tus preguntas —farfulló Claire sacudiendo la cabeza—. Puede que lo haya echado de menos. RW es más guapo de lo que recordaba.

—Es imposible que sigas sintiendo algo por él —replicó Chloe recostándose en su silla.

—Nunca he dejado de quererlo. La ira y el odio me hicieron olvidar lo bueno. Con el tiempo me he dado cuenta de lo bien que estábamos juntos, de lo felices y apasionados que fuimos.

—Mamá, ¿te estás escuchando? Te recuerdo que pasaste años contándome lo mal que iba todo y lo terrible que era papá. Me llegaste a decir que preferirías no haberlo conocido.

Claire se encogió de hombros.

—Eso fue entonces. Creo que tu padre y yo deberíamos volver a intentarlo. Ahora somos mucho más maduros y podemos hacer que lo nuestro funcione.

Mientras Chloe trataba de buscarle sentido a las palabras de su madre, Nicolas apareció por la senda con unos pantalones cortos blancos y un polo azul que hacía destacar sus ojos. Paseó la mirada por sus brazos fornidos y sus bonitas piernas, y de repente fue incapaz de pensar con claridad. Cuando la saludó con la mano y le sonrió, se quedó sin respiración.

–¿Quién es ese joven tan apuesto?

«No vengas hacia aquí. Mi madre lo estropeará todo», trató de decirle mentalmente.

Él ladeó la cabeza, como si estuviera interpretando su lenguaje corporal. Cuando su madre apartó la vista, Chloe le hizo una señal con la mano. Nicolas frunció el ceño y siguió caminando en la dirección contraria.

–Vaya, era agradable a la vista. Pensé que se iba a unir a nosotras –dijo Claire.

–Mamá, tengo que ponerme a trabajar. ¿Puedes quedarte sola?

–¿No puedes desayunar con tu madre? Muy bien, vete. Pero pídele antes a tu padre que venga a desayunar.

Chloe no acababa de entender cómo había acabado en esa posición. Claire no le convenía a su padre y menos después del cambio que había percibido en él desde que estaba con Angel. ¿Qué se suponía que debía hacer?

–Estará ocupado, mamá.

–¿Cuándo no está ocupado? Llámalo. A mí me colgará, pero a ti te hará caso.

Chloe marcó el teléfono de su padre, pensando en lo que iba a decirle cuando contestara.

–Hola, cariño, ¿qué pasa? –dijo su padre nada más contestar.

–Eh… Mamá está aquí y quería preguntarte si puedes desayunar con ella.

–Imposible, estoy de camino a una reunión de trabajo.

Chloe frunció el ceño. Le sorprendía que no hubiera gritado.

–No sabía que hoy tenías una reunión.

–Así es, y muy importante. Quizá sea la última que tenga.

¿Qué había querido decir? Tal vez se refiriera a que iba a retirarse, pero en su actual estado, le preocupó que su padre estuviera en problemas.

–Últimamente no te has sentido muy bien –dijo y enseguida se dio cuenta de que su madre estaba escuchando atentamente–. Deberías pedirle a Jeff que te acompañara.

–No, Chloe, esto lo tengo que hacer solo. Lo que me recuerda que te he dejado en mi estudio las llaves del Fórmula 1. Creo que sería buena idea dar un paseo a Nicolas por Plunder Cove.

–Es una locura, papá. Si no recuerdo mal, me dijiste que no me acercara al Fórmula 1 o me castigarías de por vida.

–Tenías once años, Chloe, y acababas de estampar tu bicicleta en el Lamborghini. Ahora ya eres una mujer adulta. Quiero que te lo quedes.

–¿Cómo? ¿Me lo estás regalando? –preguntó sorprendida.

–Claro, el color me recuerda a ti. Te queda bien.

Chloe contuvo las lágrimas bajo la atenta mirada de su madre.

–Es un regalo increíble.

–Eres una hija increíble. Sé buena, cariño. Cuida de ti y de tus hermanos, y dile a tu madre que se vaya a su casa.

–¿Pero qué vas a hacer?

La línea se quedó muerta y una sensación de angustia se le instaló en el pacho. ¿Qué se traía su padre entre manos?

Capítulo Diez

Chloe le pidió a Michele que le mandara una bandeja con comida a Nicolas para mantenerlo lejos del restaurante o, más bien, de su madre. Después se quedó con ella todo lo que pudo antes de ir a buscarlo.

Lo encontró en una hamaca, junto a la piscina. Tenía las piernas estiradas y el brazo izquierdo debajo de la cabeza. Se le veía relajado y muy guapo. Tenía los auriculares puestos y, al acercarse por detrás, vio que estaba viendo un vídeo musical. Eso significaba que estaba trabajando.

–Dime que estás disfrutando del día.

–Te he echado de menos –dijo quitándose las gafas para mirarla.

Sus ojos grises, su mirada, su acento… No acababa de cansarse de él.

–Siento no haber podido desayunar contigo. He tenido que ocuparme de una crisis. Mi madre apareció por sorpresa en la boda de mi hermano hace un par de meses y lleva aquí desde entonces. Ahora dice que quiere volver con mi padre.

–Supongo que ha sido un momento tenso.

–¿Tanto se nota?

Él sonrió.

–Es evidente, por tu lenguaje corporal.

–Se ha ido, pero volverá. Con un poco de suerte, cuando lo haga nos habremos marchado. Me gustaría llevarte a dar una vuelta para que conozcas la zona. ¿Te viene bien?

Nicolas cerró el ordenador.

–Siempre es un buen momento para estar contigo.

–Estupendo –dijo.

La voz se le quebró y tragó saliva. Tenía que concentrarse en su trabajo como heredera de la familia Harper y promotora del *resort* de Plunder Cove. Una cosa era acostarse con Nicolas y no pedía nada más, al menos durante el día.

Cuando el sol se pusiera, ya vería qué le deparaba la noche.

Nicolas dejó el ordenador en una mesa y acercó la bandeja con comida. Luego hizo un hueco en su hamaca y le tendió los brazos.

–Anda, háblame de esa crisis.

Nadie podía verlos en la piscina privada, así que se acurrucó junto a él y apoyó la cabeza en su pecho. ¿Por qué siempre olía tan bien?

–¿Te llevas bien con tus padres? –preguntó Chloe.

Nicolas suspiró.

–Mi padre se ahogó pescando cuando yo era un niño y mi madre nunca lo superó. Sufrió de alcoholismo, mal nutrición y extrema pobreza. Tuve que hacerme cargo de ella y de mis cuatro hermanas.

Lo dijo como si tal cosa, pero su voz sonó apagada. Chloe alzó la vista y vio angustia en su rostro.

–Oh, Nicolas, no lo sabía.

–Mi representante evitó que las malas noticias llegaran a la prensa. Nadie quiere oír hablar de un niño pobre que canta en la calle, sino de cómo destaca y se hace famoso.

—Por eso trabajas tanto —dijo ella acariciándola el brazo.

—Tuve que hacerlo para que mis hermanas no pasaran hambre. Todas estudiaron y ahora son felices. Estoy muy orgulloso de ellas. A mi madre también le va bien. Dejó el alcohol y se volvió a casar.

—Hiciste mucho por tu familia, Nicolas. ¿No es hora de que disfrutes un poco? Tus hermanas ya son mayores y se las arreglan solas. Deberías relajarte y tomar vacaciones de vez en cuando.

—No puedo. El éxito es un objetivo cambiante. Si te despistas, aunque solo sea por un momento, se te escapa de las manos. Además, no sé estar de vacaciones. Pero ¿por qué estamos hablando de mí? Háblame de tu madre. Cuando te he visto con ella, me ha parecido que no lo estabas pasando muy bien. ¿Por qué?

—¿Por dónde empezar? Mis padres siempre estaban discutiendo. Sus palabras y la violencia que empleaban afectaron a toda la familia. Cuando todo saltó por los aires, mi familia se rompió. Mi madre y yo nos vimos obligadas a dejar la casa. Cada uno se fue por su lado, fue terrible. No sabes cuánto eché de menos a mi padre y a mis hermanos. Mamá se pasaba el día en su habitación, insultando a mi padre y bebiendo. Yo me crie sola, sin nadie que se preocupara por mí. Pobre niña rica, ¿verdad? Eso es lo que debes de pensar de mí, quejándome de mi vida cuando la tuya ha sido tan dura.

Nicolas la tomó de la barbilla y la obligó a mirarla a los ojos.

–No hagas caso, te merecías ser feliz, como yo. Pero a veces la vida es así. Lo que importa es cómo te lo tomes. Creo que no nos ha ido tan mal.

A Chloe no le gustaba hablar de su pasado, pero Nicolas sabía escuchar. Era sorprendente lo bien que conectaban.

Tomó una fresa de la bandeja y se la llevó a la boca.

–Siempre culpé a mi madre, pero estoy segura de que se sentía muy sola cuando nos obligaron a marcharnos de Plunder Cove. Siempre había dependido de los hombres, primero de su padre y luego de su marido. Creo que perdió la cabeza. Esa es la única razón que explicaría que una mujer como ella, que nunca había practicado yoga en su vida, decidiera irse a Rishikesh, en la India, después de leer un folleto –dijo y rio–. Deberías haberla visto cuando llegamos. No esperaba que el hotel fuera tan sencillo.

–Parece que se equivocó de folleto.

–O que perdió la cabeza. No sé qué buscaba, pero lo único que encontró en la India fue suciedad y hambre. Fue una pérdida de tiempo. Con sus modales habituales, pidió que le devolvieran el dinero.

–¿Se lo devolvieron?

–Casi todo. A los profesores de allí no les importa el dinero. Lo que hacen es facilitar las herramientas para que la gente encuentre su camino hacia su vida espiritual. Mi madre acabó odiando la India, al contrario que su hija de catorce años, que encontró el sentido de la vida.

–¿De veras? –preguntó echándose hacia atrás para mirarla.

–Era joven y mi espíritu buscaba sanarse. El yoga me gustó desde el principio. Siempre he sido muy flexible y podía adoptar cualquier posición que me decían. Me enseñaron a olvidar el pasado y vivir el presente. Por primera vez en mi vida, empecé a quererme cuando nadie más me quería. Me sentía más ligera y más fuerte, más libre. La India me mostró el camino hacia la felicidad.

–Tal vez puedas mostrarme un poco de esa felicidad, a menos que haya que adoptar una pose imposible.

–Nada de poses. Me encantaría enseñarte lo que mis maestros me enseñaron.

–Soy escéptico, pero escucharé.

–Se empieza escuchando. Mis maestros me enseñaron que ya que no puedes borrar el pasado, debes aceptarlo. Hay que pensar en el pasado como en granos de arena al viento. Cada uno de ellos contribuye a nuestra forma, pero no nos perjudica. El pasado se fue y el futuro todavía no existe. Lo único que tenemos es el presente –afirmó y le dio una palmada en el pecho–, y todo lo que hay que hacer en este momento es respirar.

–¿Solo respirar? ¿Es ese el consejo que te mueve a ser mejor persona?

–Parece fácil, ¿verdad? Quizá lo sea para la gente que lleva una vida espiritual, pero para una persona normal es difícil. Pero eso me ayuda a concentrarme en el aquí y ahora.

–Vaya, supongo que no todo es palabrería, mientras te haga feliz…

–Es lo que estoy intentando. Creo que puedo ayudarte a ser libre y feliz también.

–No sé cómo encontrar la verdadera felicidad, *gatinha*.

–Yo tampoco, pero lo que estoy intentando hacer, tal vez nos ayude a descubrirlo.

Se miraron el uno al otro durante largos segundos. Fue Nicolas el que rompió el silencio.

–¿Qué quieres que diga?

–Di lo que sientes. Que nos merecemos el esfuerzo, que te mereces ser feliz.

–Requiere mucho esfuerzo, pero quiero ser feliz.

–Bien. Creo que te gustará lo que tengo en mente, pero antes tenemos que llegar a un acuerdo.

–¿Otro acuerdo? –preguntó él, arqueando una ceja–. Si eso supone alargar nuestra noche juntos, soy todo oídos.

–Me gusta tu idea de alargar nuestra noche, pero quiero proponerte otra cosa.

Nicolas deslizó el pulgar por su pecho.

–Estoy intrigado. Continúa.

Chloe contuvo la respiración. Tenía que aprovechar el momento.

–¿Recuerdas que dijiste que podías demostrarme lo especial que soy?

La besó en la oreja y sintió que una corriente la recorría.

–Estoy dispuesta a aceptar tu reto –continuó–, si me dejas demostrarte que tú, Nicolas Medeiros, sabes del amor más de lo que crees. Estoy convencida de que estás preparado para tener una relación duradera.

–¿Qué?

–No me refiero a que tengas que enamorarte

de mí ni que tengas que tener una relación conmigo. Solo pienso que sería una manera de empezar a creer en el amor. Algún día podrás tener una relación intensa y duradera con alguien.

–No me interesan las relaciones duraderas, Chloe. Siempre acaban en fracaso. No quiero hacerte daño a ti ni a nadie.

–Soy una persona madura y quiero hacer esto por ti. Danos una semana. Disfruta de la libertad y de cada momento para comprobar a dónde te lleva. Solo inténtalo.

Nicolas cerró los ojos.

–¿Y si pasamos juntos la semana y, al final, simplemente se acaba y regreso a Los Ángeles? Entonces ¿qué?

–Entonces, eso será todo, pero al menos lo habremos intentado. Creo que es importante para ambos encontrar la felicidad, y puede que la encontremos. ¿Qué me dices?

Nicolas abrió los ojos y Chloe trató de leer su expresión.

–Lo único que tenemos que hacer es…

–Tocar, sentir, disfrutar de cada momento. Dejémonos llevar por el presente y veamos qué pasa. Solo respira. Tal vez podamos encontrar juntos algo con sentido.

–¿Podré hacerte el amor siempre que quiera? –preguntó sonriendo, y tiró de ella hasta colocarla encima de él.

–Claro –dijo recostándose en él–. Siempre y cuando no haya ningún Harper cerca.

La rodeó con sus brazos y la besó apasionadamente. Chloe sintió su calor y deseó quitarle la ropa allí mismo, a la vista de cualquier Harper que pudiera aparecer en la piscina.

—Eres la mujer más peculiar con la que he estado nunca. Te deseo, Chloe, y quiero hacerte mía de todas las maneras posibles. Trataré de concentrarme en el presente, y respirar y sentir, sea eso lo que sea. Trato hecho, *gatinha* —dijo Nicolas, y selló el acuerdo besándole el pezón por encima de la camiseta.

Capítulo Once

–¿Estás listo para nuestra primera aventura de trabajo? –preguntó Chloe nada más apartarse para tomar aire.

–Cada momento es una aventura a tu lado.

Chloe se levantó. Se sentía débil y aturdida.

–Permíteme que antes deje el ordenador en mi habitación y estaré listo.

–Y el teléfono móvil.

–¿Qué?

–Que dejes el móvil y la cartera en tu habitación. Voy a aislarte del mundo exterior durante unas horas.

–No voy a ninguna parte sin mi teléfono.

–Ya me he dado cuenta. Pero confía en mí, te irá bien. Todas las llamadas y mensajes pueden esperar.

–Tendrás que mantenerme muy ocupado para distraerme del mundo exterior –dijo Nicolas, poniéndole una mano en el hombro.

–Haré lo que pueda –replicó sin poder evitar sonreír–. Vamos.

–Todavía no –terció él y la besó una última vez antes de colocarle un mechón de pelo detrás de la oreja–. No voy a marcharme sin mi móvil.

–Lo sé, pero…

–Ya has empezado a convertirme en un hombre nuevo.

—Nos vemos en la entrada. Nos espera la aventura.

Chloe se puso de puntillas, le mordisqueó la barbilla y lo dejó viéndola marcharse.

Nicolas no pudo evitar sonreír. Había establecido una conexión con Chloe y no le resultaba fácil reconocerlo. No sabía cómo vivir el presente, pero estaba dispuesto a llevar a cabo el experimento durante una semana y respirar con Chloe. Mientras estuvieran desnudos y pudiera besarla por todo el cuerpo, estaba dispuesto a intentarlo. ¿Y después? Volvería a Los Ángeles. Era una mujer increíble y sorprendente, pero no iba a poder demostrar que estaba hecho para tener una relación duradera. Aunque le gustaría que así fuera, sabía que no era capaz. Nunca había sido esa clase de hombre porque era incapaz de amar a alguien que no fuera de su familia.

Su cabeza lo sabía, pero su cuerpo parecía tener una opinión distinta. Cuando estaba cerca de Chloe Harper, sus manos la buscaban y sus labios deseaban saborearla. Recorrer cada centímetro de su cuerpo desnudo era una imagen recurrente en su mente.

La estaba esperando en la entrada tal y como le había pedido cuando oyó el rugido de un motor en la distancia. Contuvo la respiración al ver un McLaren F1 naranja deteniéndose a su lado. Era uno de los coches más impresionante que había visto en su vida, sobre todo cuando la puerta se abrió como el ala de un murciélago y vio a Chloe al volante, con un bonito vestido blanco y una sonrisa provocativa en los labios.

–¿Estás listo, guapo?

–Es un McLaren F1 Longtail. ¿Es legal conducirlo por la calle?

–Supongo que sí –contestó ella encogiéndose de hombros.

–¿Has conducido antes un coche de carreras? –preguntó Nicolas, subiéndose.

–Claro. De niños, mis hermanos y yo echábamos carreras de coches en los videojuegos. No puede ser tan difícil, ¿no? –bromeó y le guiñó un ojo–. No te preocupes, iré con cuidado.

Las puertas se cerraron y Nicolas se quedó mirando a la mujer sentada tras el volante.

–Te queda bien.

Chloe sonrió. La expresión de su rostro era una mezcla de emoción y entusiasmo. Si eso mismo podía provocarle estando entre sus brazos, sería un hombre feliz.

–Lo mismo que me dijo.

–¿Quién? –preguntó Nicolas frunciendo el ceño.

–Mi padre cuando me lo dio esta mañana. Vamos a sacar de paseo a este pequeño y a comprobar que está bien.

Pisó el acelerador y echó a rodar.

Chloe volvió a sentirse aturdida. Estaba conduciendo por curvas en una carretera solitaria y con un coche de carreras. Además, llevaba a Nicolas de copiloto, observándola como si fuera un delicioso bocado. Ni en un millón de años se habría imaginado un día así. Al demonio con mostrarse profesional; quería disfrutar del momento.

–Eres preciosa y una conductora nata. Deberías probar el coche en un circuito y ponerlo al máximo.

–¿De veras? –dijo ella mirándolo de reojo.

–Para mí, *gatinha*, está claro. Necesitas un poco de velocidad.

Chloe no dijo nada. Tenía razón, aunque en parte estaba deseando detener el coche a un lado, besar a Nicolas y acariciarlo por todas partes.

Apartó el pie del acelerador y el motor rugió. Luego aminoró la velocidad y se volvió hacia Nicolas.

–Vaya, qué sensación.

–Se te ve bien –comentó Nicolas con voz grave y sensual–. Tal vez deberíamos parar. Nunca me ha besado la conductora de un coche de carreras y lo estoy deseando.

–Hmm, eso tiene arreglo. Paremos en el pueblo.

Chloe atravesó lentamente el pueblo mientras él miraba a su alrededor.

–No había oído hablar de esta zona.

–Es demasiado pequeña para aparecer en los mapas, pero los orígenes del pueblo se remontan al siglo XIX, cuando era un rancho de mi familia.

–¿Los piratas tenían un rancho?

–Los piratas no, pero las generaciones posteriores se dedicaron al ganado. Y se convirtieron en los barones Harper. No es el mejor capítulo de la historia de mi familia –comentó sonriendo–. Hay gente que llevaba toda la vida viviendo en este pueblo. Sus antepasados fueron comprados en México y traídos aquí para trabajar en la casa, en el campo o allí donde quisieran los Harper. Esa pobre gente no siempre fue tratada bien por mis ancestros. Mi padre está cambiando eso.

Chloe aparcó el coche en el aparcamiento de la tienda y cafetería de Juanita.

–¿Tu padre? –preguntó sorprendido–. RW Harper también está mejorando este pueblo.

–Y no sabes cuánto. Va a pagar a sus habitantes un porcentaje de los beneficios que se obtengan del hotel y restaurante. Al parecer, esa es la principal razón por la que ha decidido dedicarse al negocio hotelero, para compensar al pueblo y enmendar los errores del pasado. Ya verás como dentro de unos años, el pueblo aparece en los mapas.

–Interesante –dijo él, ladeando la cabeza. Me cuesta imaginarme a RW como un tipo generoso. Siempre había oído que era un despiadado hombre de negocios.

Chloe rio.

–No te equivocas. Yo también estaba escéptica. Desde que he vuelto a casa, no dejo de sorprenderme de lo mucho que ha cambiado el padre al que conocía. Está cumpliendo todas sus promesas. Eso me hace tener esperanzas de que la gente puede cambiar –afirmó y abrió la puerta–. Venga, estoy deseando que pruebes los dulces que tienen aquí.

Salieron del coche y enseguida los rodeó un puñado de niños.

–¡Tía Chloe! –exclamó su sobrino Henry de

nueve años al verla–. ¿El abuelo te ha dejado conducir ese coche?

–Mejor todavía –contestó, y abrazó al chico–. Me lo ha regalado.

–¿Se encuentra bien? –preguntó el pequeño haciendo una mueca.

Henry sabía cuánto apreciaba su abuelo los coches. El niño estaba muy unido al viejo. Toda la familia estaba muy preocupada por él desde que Angel había desaparecido.

–Sí, está bien. Mira, voy a presentarte a mi amigo. Se llama…

–¡Nicky M! –los interrumpió Julia, la madre de Henry, dirigiéndose a toda prisa hacia ellos–. No puedo creer que estén aquí. Tengo todos los discos que grabaste y he visto tus vídeos miles de veces. No puedo creerlo, ¡es Nicky M!

Chloe rio.

–Sí, lo sé. Nicolas, te presento a mi cuñada Julia. Es la esposa de Matt.

–Es un placer. Matt es el piloto, ¿verdad?

–Sí.

–Vayamos dentro. Cada vez nos rodea más gente.

–Disculpad mis modales –terció Julia–. Claro, pasad. Os preparé algo rico de comer.

–¿Ahora cocinas tú? Vaya novedad. ¡Henry! –dijo Chloe al ver al niño asomándose por la ventana del coche.

El pequeño levantó las manos y se apartó del coche.

–No lo he tocado, te lo prometo.

–No, está bien. Si tú y tus amigos tenéis cuidado, os dejaré sentaros en mi coche.

Los chicos gritaron de alegría.

—Gracias, tía Chloe. Tendremos cuidado —le prometió Henry.

—Vaya, me habría gustado tener una tía como tú —susurró Nicolas al atravesar las puertas de cristal.

Luego le puso la mano en la espalda y le provocó un escalofrío.

—Solo tengo un sobrino así que lo mimo todo lo que quiero.

Julia los acompañó a una mesa.

—¿Qué harías si tuvieras otro sobrino o sobrina?

En ese instante, Chloe reparó en el brillo de la mirada de Julia.

—¡Julia! ¿De verdad? ¡Cuánto me alegro! —exclamó abrazando a su cuñada—. ¿Lo sabe Henry?

—Todavía no. Matt y yo habíamos pensado decírselo esta noche, cuando vuelva de sus maniobras con el servicio forestal.

—*Parabéns* —le felicitó Nicolas—. Es muy emocionante.

—Nicky M, podrías escribir una canción sobre mi vida. Me encontré con el amor de mi vida después de creer que estaba muerto, me reencontré con mi madre y ahora… ¡Otro bebé! —dijo y se secó unas lágrimas que rodaban por sus mejillas—. Dichosas hormonas.

—Me alegro mucho por ti y por Matt. Y por Henry. Va a ser un estupendo, hermano.

—Sentaos, por favor. Os prepararé algo para comer —terció Julia.

—¿Te estás ocupando del Juanita's mientras tu madre está fuera? —preguntó Chloe.

–Sí. ¿Tiene tu padre noticias de ella? Estoy muy preocupada –afirmó Julia palideciendo.

–No, lo siento.

No quiso contarle la misteriosa reunión que su padre tenía esa mañana para que no se hiciera ilusiones. Al fin y al cabo, no tenía la seguridad de que fuera con Angel.

–Si te enteras de algo, dímelo, ¿vale? Estoy deseando darle la noticia del nuevo nieto. Espero que eso la convenza de que se quede. Ahora que por fin tengo una familia, quiero tenerlos a todos cerca.

–Lo entiendo –dijo Chloe.

–La familia es lo más importante –intervino Nicolas–. Me gustaría que mi madre se viniera a vivir a California, pero no quiere marcharse de Brasil.

–Tiene que ser duro. Pasé la mayor parte de mi vida sin saber quiénes eran mis padres –dijo Julia.

–Deberíais venir a la fogata de esta noche. Matt ha invitado a algunos de sus amigos. Jeff y Michele estarán allí. Chloe, tráete la guitarra para que Nicky M vea el talento que tenemos.

–¿Tocas la guitarra? –preguntó Nicolas clavando sus ojos en ella.

Chloe sintió que le ardían las mejillas.

–Lo intento, pero no me pidas que cante. No me gusta hacerlo en público.

–¿Qué hace falta para que me cantes en privado? –preguntó arqueando una ceja.

–Eh…

Julia carraspeó.

–¿Qué dices, Chloe? –dijo estrechándola entre sus brazos–. ¿Quieres ser mi cita en la fogata?

–Hacéis muy buena pareja –comentó Julia al darse la vuelta para irse a hacer la comida.

Chloe se puso roja hasta las orejas.

–Pero mis hermanos estarán allí.

–¿Y? –preguntó Nicolas, entrelazando sus manos–. ¿De qué tienes miedo?

Ella le acarició la mano, pero fue incapaz de mirarlo a los ojos.

–De estropearlo todo contigo, con ellos, con mi padre…

–¿Crees que si nos ven juntos pensarán que te estás acostando conmigo para conseguir el contrato?

Por el tono de su voz parecía que estaba molesto con ella.

–¡No! –exclamó alzando la vista–. Bueno, tal vez. Quiero que crean en mí. No quiero volver a perder a mi familia.

Unas lágrimas se le escaparon y no pudo hacer nada para impedirlo.

–Tal vez podríamos hacer otra cosa esta noche, los dos solos.

Nicolas se echó hacia delante y la miró a los ojos.

–Me gustaría hacer algo contigo antes de la fogata y después. Pero esta es mi parte del trato, demostrarte lo mucho que vales. Fíjate en todo lo que has conseguido de momento. No solo estás haciendo tu trabajo convenciéndome de que este lugar es el idóneo para el programa, sino que me estás cambiando. Has convertido a un adicto al trabajo en alguien que puede disfrutar del momento y al que estás intentando convencer de que tenga

98

una relación estable. ¡Y todo en dos días! Creo que tienes una gran fuerza interior y que eres capaz de conseguir lo que te propongas. Si hay alguien que no reconoce lo increíble que eres, el problema es suyo. Por favor, di que sí y ven conmigo a la fogata. Disfruta del presente conmigo.

Cuando la miraba de aquella manera, sería capaz de acceder a lo que le pidiera.

—Nicolas…

Su voz se quebró. Deseaba también el antes y el después. Tal vez Nicolas no era el hombre adecuado, pero era el que deseaba en aquel momento.

—Dilo, Chloe —le ordenó, mirándola a los labios.

—Sí, claro que sí.

Nicolas alargó los brazos por encima de la mesa, tomó a Chloe de las mejillas y la besó en los labios. Su lengua insistió hasta que los separó y le dejó entrar en su boca. Todo su mundo ardió en llamas. Nunca la habían besado de aquella manera en la mesa de una pequeña cafetería con gente mirando. Pero le daba igual lo que tenía alrededor.

Nunca había disfrutado tanto de la vida. El antes acababa de comenzar.

Capítulo Doce

Nicolas había estado con muchas mujeres y no podía negarlo. Algunas habían sido grandes amantes y otras le habían ayudado en su carrera, pero la mayoría no habían sido más que el soporte en el que apoyarse para sobrellevar su vida solitaria. También había habido quien había intentado destruirlo, como Lila.

Ni una de ellas se parecía a la mujer a la que estaba besando en una cafetería mexicana.

Chloe tenía algo que no sabía bien cómo explicar. En la industria de la música lo llamaban el factor, pero no describía del todo a Chloe Harper. Lo que tenía iba más allá de su atractivo físico, de la manera en que conducía aquel coche de carreras, de su risa, de sus labios, de su ingenio y de la ternura de su mirada. Fuera lo que fuese, surgía de su interior, un rincón para el que no era lo bastante bueno para tocar o tratar de entender. Sencillamente, era preciosa.

Demasiado buena para él.

Esa noche, iría a la fogata y demostraría que era un hombre que se merecía la chica del momento.

Julia llegó con una bandeja de comida.

—Aquí tenéis machaca, tacos y arroz con habichuelas.

Chloe se apartó de él y se sentó derecha en su

asiento. Tenía las mejillas sonrosadas, la trenza algo deshecha y los ojos entornados. Aquel aire de enamorada le sentaba bien.

Nicolas ayudó a colocar la comida.

–*Obrigado*. Huele muy bien, Julia.

–¡Nicky M acaba de hablarme en portugués! Este día está mejorando por momentos.

–Te entiendo –dijo Chloe sonriendo–. Ese acento suena muy bien.

Julia volvió a marcharse.

–Si te hablara en portugués, ¿cantarías para mí?

–Sería una crueldad hacerte eso, pero podrías convencerme de que toque mi guitarra…

De repente, abrió los ojos como platos. Algo por detrás de Nicolas había llamado su atención.

–¿Has visto a ese hombre?

–¿Dónde? –preguntó él, volviéndose.

–Detrás del mostrador. El calvo con los tatuajes, allí. Te está observando.

–Estoy acostumbrado a que la gente me reconozca, es parte de mi trabajo. Come, no pasa nada. Está bien que quieras protegerme, pero hay paparazzis por todas partes. Ya te acostumbrarás a que la gente se quede mirando.

Por primera vez se imaginó cómo sería tenerla con él en Los Ángeles.

–Supongo que es cuestión de acostumbrarse. Por un momento, me pareció que ese hombre nos estaba espiando, aunque por otra razón –dijo retorciendo la servilleta entre las manos–. Creo que mi padre ha revuelto un nido de avispas.

–¿Qué quieres decir? –preguntó él, ladeando la cabeza.

Chloe se encogió de hombros, pero el miedo asomó a sus ojos.

—Mi padre se ha ido hoy a una reunión secreta y no ha querido contarme nada. Antes de marcharse del pueblo esta mañana, me ha reglado uno de sus coches más preciados. Estoy preocupada por él.

—¿Por qué? ¿A qué te refieres con nido de avispas?

—Cosas de mi padre.

Era evidente que sabía más de lo que quería contar.

—Tal vez tu padre se ha ido a dar una vuelta para comprar un nuevo coche de carreras.

—Tal vez.

Nicolas deseó aliviar su tensión y hacerla sonreír de nuevo.

—Vámonos a nadar.

La luz regresó a sus ojos y una sonrisa sexy se dibujó en sus labios.

—¿Desnudos?

Él se inclinó hasta que sus narices se rozaron y le acarició la pierna por debajo de la mesa.

—*Gatinha,* me has leído el pensamiento.

—¿Qué tal si lo dejamos para esta noche? Quiero enseñarte otro rincón secreto.

—Estoy en tus manos.

Julia les llevó un plato con dulces y les recordó que fueran a la fogata. Chloe pagó y se despidió de ella con un abrazo antes de marcharse de la cafetería. Al salir de Juanita´s Nicolas la rodeó con su brazo y miró a su alrededor para comprobar si había algún paparazzi. Por primera vez en su vida, era él el guardaespaldas que protegía a la estrella.

Era una sensación agradable. No le importaría cuidar de una mujer como Chloe Harper.

Nicolas y Chloe se subieron al coche después de apartar a los chiquillos. Era una tentación dirigirse directamente a la playa para nadar desnudos, pero tenía que contener el impulso sexual y hacer el trabajo que su familia le había encargado.

—Hay unos cuantos sitios que me gustaría enseñarte —anunció Chloe antes de encender el motor.

—Me parece muy bien —dijo Nicolas bajándole el tirante del vestido y dibujándole unos círculos sobre la piel desnuda—. Hay unos cuantos sitios que me gustaría ver, tocar y lamer.

Chloe sintió que se le ponía la piel de gallina y se estremeció antes de arrancar el coche. Después, enfilaron la calle principal e hicieron un recorrido.

—Podrías mostrar el pueblo como telón de fondo de tu programa. Como dijiste, se ve antiguo e histórico. Me imagino a los candidatos paseando por esta calle, describiendo cómo se han inspirado para componer sus canciones o hablando sobre sus lugares de origen.

—Tienes buen ojo —asintió Nicolas—. Pero te recuerdo que todavía no hemos decidido dónde grabaremos el programa. Además de Plunder Cove, tenemos otros dos emplazamientos que considerar.

—Entiendo.

—Aun así, estoy deseando ver cómo me vas a convencer.

Sus palabras hicieron saltar las alarmas y detuvo el coche de carreras a un lado de la carretera.

–Esto es lo que me preocupa. Si mi familia llega a pensar que me he arrojado a tus brazos solo por el contrato… –balbució y sacudió la cabeza–. Yo no soy así. Espero que te des cuenta de que siento algo por ti. Nunca me acostaría con un hombre para conseguir un trabajo o un contrato.

–Chloe –dijo él poniendo la mano en su mejilla–, estaba bromeando.

–¿Ah, sí?

–Claro. He conocido a muchos hombres y mujeres capaces de acostarse con quien hiciera falta para progresar en sus carreras. Tú no eres así.

Satisfecha con su comentario, volvió a poner el coche en marcha.

Capítulo Trece

Chloe llevó a Nicolas a algunos de sus rincones favoritos de Plunder Cove, comentando en cada uno de ellos cuáles podían ser las mejores tomas para el programa. Por lo general, llevaba a los huéspedes a la playa o a dar un paseo en barco por la costa, pero con Nicolas quería hacer algo diferente, así que lo llevó en dirección contraria, a las montañas.

–Demos un paseo –dijo después de aparcar junto a los establos–. No llevo el calzado adecuado, pero no importa. Aquí cerca está el mirador de Lover´s Point desde el que se divisa una de las mejores vistas de la zona. A los concursantes les encantará.

Nicolas la tomó de la mano y juntos pasearon por el pinar de Monterey. Cuando llegaron a lo más alto, se sentaron en una roca a disfrutar del paisaje. El valle que tenían a sus pies se extendía como una gran alfombra verde hasta el océano. La brisa traía una mezcla de olor a pino y a sal.

–No recuerdo la última vez que estuve aquí arriba. Se me había olvidado lo bonito que era.

–Me gustaría tener mi teléfono móvil.

–No creo que tuvieras cobertura aquí arriba.

–Era para hacerte una foto –dijo tomándola de la barbilla–. Esta luz, tu expresión… Estás muy guapa, Chloe.

–Gracias por darme la oportunidad de estar contigo, Nicolas. Me siento muy afortunada.

Lo besó con dulzura, poniendo todas sus esperanzas y deseos en ese gesto.

Él se apartó y se quedó mirándola. Era como si entendiera el significado de aquel beso.

–Me tienes impresionado.

Aquello la hizo derretirse. Se volvió dándole la espalda al paisaje y se recostó en él. Luego lo rodeó con sus manos por la nuca mientras devoraba sus labios con unos besos que habían dejado de ser dulces.

Nicolas se sintió atrapado entre la roca y aquella mujer ardiente. Sus manos se aferraron a su trasero por encima del vestido blanco y le introdujo la lengua en la boca.

Chloe jadeó. Una corriente eléctrica la sacudió y las piernas casi le fallan. Quería sentir su piel y rápidamente empezó a desabrocharle la camisa.

–Si seguimos así –dijo él tomándola de las manos para detenerla–, voy a hacerte el amor aquí mismo. Y no creo que sea delicado. ¿Es eso lo que quieres?

–Por favor –le rogó–. Necesito tocarte.

Le abrió la camisa y le acarició el pecho.

Nicolas emitió un sonido gutural y deslizó la mano por debajo de su vestido hasta rozar sus bragas. Luego, tiró de ellas. Chloe contuvo la respiración y al instante sus bocas se encontraron. Estaba cada vez más excitada, con su mano en la entrepierna.

–Chloe –dijo él entre besos.

–¿Sí?

–Tenemos un problema.

Las caricias de sus dedos la estaban volviendo loca.

–¿Problema? –repitió, y echó hacia atrás la cabeza.

–Alguien me convenció de que dejara la cartera y no he traído preservativos.

–Vaya –dijo apartándose de él y tratando de recuperar la compostura–. Podemos volver a tu habitación.

–Luego. Ahora mismo quiero tocarte y darte placer, pero no puedo hacerlo si sigues mirándome de esa manera. Estoy muy cerca.

–Podría… –dijo Chloe acariciando el bulto de su pantalón.

–No, quiero ocuparme de ti. Date la vuelta y apóyate en la roca.

Después de que hiciera lo que le pedía, Nicolas le bajó la cremallera mientras dejaba un reguero de besos en su piel. Una oleada de placer y deseo la invadió, y separó un poco más las piernas para mantener el equilibrio.

A continuación, le quitó el vestido y se quedó vestida tan solo con el sujetador y las sandalias. Sintiendo la brisa del mar y el calor del sol en su cuerpo, esperó a ver qué hacía Nicolas.

–No te muevas.

La tenía sujeta con una mano por la cadera y lo oyó moverse. ¿Se estaba poniendo en cuclillas?

Sintió un beso en la parte posterior de la rodilla y se estremeció.

–Te has movido –la reprendió–. Estoy en una postura peligrosa, no me gustaría caerme colina abajo.

–Lo siento –dijo ella y se aferró a la roca.

Fue besándola aquí y allá, y Chloe permaneció inmóvil.

–Mejor.

Besó el interior de su muslo y se retorció. Era una zona muy sensible y le gustó.

–Dios, Nicolas. Tus besos son electrizantes.

–¿Eso es bueno?

–Muy bueno. Más, por favor.

Al sentir que besaba su trasero desnudo, comenzó a jadear. Cuando se puso de pie, sintió sus pantalones contra sus piernas. Fue besándola por el hombro hasta llegar al cuello mientras la sostenía contra él sujetándola por el ombligo con una mano. La otra…

–Oh, sí… –dijo Chloe jadeando al sentir su mano en la entrepierna.

Luego, la penetró con un dedo, presionando con la palma sobre su clítoris. Mientras sus dedos hacían maravillas, la mordisqueó en el cuello.

–Córrete, nena.

Chloe se dejó llevar. Su cuerpo comenzó a sacudirse en una interminable oleada de placer.

–Eres preciosa –le susurró al oído.

Una alarma saltó en su cabeza al empezar a recuperar la calma.

«Estoy en apuros», pensó.

Cerró los ojos. Todo su cuerpo parecía flotar de placer. Era suya.

Tenía la sensación de que Nicolas se estaba dejando llevar por la corriente, pero no estaba allí. Al final de la semana volvería a Los Ángeles. ¿Qué iba a hacer?

–Vaya –dijo poniéndose el vestido–. Nunca había experimentado algo parecido.

Lo abrazó y besó su pecho desnudo. Estaba

memorizando su piel cálida mientras sus manos recorrían sus músculos. Nicolas la envolvió en sus brazos y la besó en la cabeza. Ninguno de los dos dijo nada.

Chloe permaneció inmóvil durante largos segundos, tratando de convencerse de que siempre sería suyo.

Algo había pasado entre ellos en la montaña. Lo había sentido con intensidad. Había empezado con un beso dulce e inocente. Nunca antes lo habían besado de aquella manera y después, cuando la había hecho correrse de aquella manera...

Hacía años que no se sentía tan unido a una mujer como con Chloe, tal vez toda la vida.

¿Qué tenía Chloe Harper?

–Tengo que trabajar. Solo serán unas horas.

También tenía que darse una ducha de agua fría y estar un rato a solas para pensar con calma. Todo aquello era nuevo para él.

Chloe le estaba afectando de un modo para el que no estaba preparado. Era excitante a la vez que preocupante. Por lo general, no tenía ningún problema manteniendo a raya las situaciones y sus emociones, pero con Chloe perdía el control.

Al abrazarla allí en la cima se había dado cuenta de lo mucho que deseaba aquella relación pura e intensa que le estaba ofreciendo. Pero una voz en su interior le advertía de que lo echaría todo a perder, como siempre.

Eso le dolería más que lo que Lila le había hecho. Lo sabía por instinto porque no se había entregado del todo a Lila. A Chloe tendría que entregarse completamente.

¿Sería capaz de ese sacrificio? No sabía la respuesta, pero la descubriría antes de intimar más con la mujer que tenía entre los brazos.

–Creo que deberíamos volver.

–Está bien –replicó ella.

Chloe se apartó de su lado y no pudo negar que se sintió desilusionado al deshacer el abrazo.

Mientras bajaban camino al coche, Chloe no paró de hablar de los distintos encuadres que podían tomar para el programa. Parecía nerviosa, como si también estuviera alterada. No era el único al que había afectado lo ocurrido en la montaña.

–¿Quieres conducir? –le preguntó, tendiéndole las llaves.

–¿Quieres que conduzca tu coche de carreras por la montaña?

Asintió con la cabeza. Confiaba en él.

Nicolas la tomó en brazos y la hizo girar en el aire.

–*Cada momento que passa eu me apaixono mais por você.*

–¿Es eso un sí? –preguntó riendo.

Chloe dejó a Nicolas a la entrada y rodeó la mansión para dejar el coche en el garaje. Después de aparcar al lado del Ferrari y apagar el motor, sacó el móvil y buscó la traducción de lo que Nicolas le había dicho en portugués.

–*Cada minuto que pasa, siento algo más fuerte por ti* –leyó.

Se llevó la mano al corazón. ¿Lo había dicho en serio? Esperaba que así fuera, aunque a la vez la asustaba. Ella también empezaba a sentir algo muy intenso por él. Sabía que debía disfrutar de todo el tiempo que pasara con Nicolas y no pensar en el futuro.

Pero si saboreaba cada instante, ¿cómo iba a proteger a su corazón y evitar el dolor al final?

Chloe ya no era una adolescente. Tampoco era tonta. Conocía el pasado mujeriego de Nicolas y tampoco estaba mal el suyo. Las probabilidades de que una relación entre ellos saliera adelante estaban en su contra.

Pero quería intentarlo.

—Nos merecemos ser felices —dijo con la mirada perdida a lo lejos.

Decidida a luchar por lo que tanto deseaba, se fue a la casa. Primero buscó a su padre. No había regresado y ninguno de los empleados sabía dónde estaba. Seguía preocupada por él, pero sabía que podía arreglárselas solo y también que pediría ayuda si la necesitaba. Había cambiado mucho.

Al pasar por la habitación de Nicolas, tomó el pomo de la puerta, pero no le molestó. Dentro se oía música, por lo que probablemente estaba trabajando. Era un buen momento para liberar un poco de tensión antes de la fiesta de la fogata.

Se puso los pantalones de yoga y una camiseta y salió fuera con la esterilla.

Capítulo Catorce

Nicolas no podía concentrarse en los vídeos. Había tenido que ver el último tres veces porque su cabeza no dejaba de pensar en su rubia *gatinha* y en sus labios sensuales. De repente hacía demasiado calor en su habitación para trabajar e incluso para pensar con claridad. Se puso unos pantalones cortos y salió a la terraza para que le diera el aire. Sin embargo, lo que se encontró fue toda una visión: su chica haciendo otra vez ejercicios de estiramiento.

Al demonio con el trabajo. Se puso las zapatillas de correr y decidió ir a su encuentro.

Cuando llegó junto a ella, tenía el trasero en alto y tuvo que contenerse para no acariciar aquellos glúteos tan firmes. Se apoyó en un árbol y se cruzó de brazos.

–Sigue como si no estuviera. Me gusta verte hacer eso.

–¿Solo verme? Puedo enseñarte algunas posiciones de yoga –dijo estirándose y arqueando la espalda–. ¿Has terminado de trabajar por hoy?

De momento, sí. Estaba muy sexy.

–¿Qué tengo que hacer?

Se sentó en la esterilla y Chloe comenzó a masajearle los hombros.

–Relájate. Mantén una actitud abierta, deja que la luz penetre en tus chacras.

–No tengo ni idea de qué es eso, pero no tengo inconveniente en que me toques.

Chloe le hizo sentarse con las piernas cruzadas.

–Cierra los ojos e inspira suavemente sintiendo cómo entra el aire y cargas energía. Retenlo y libera el dolor del pasado al exhalar. Lentamente. Vuelve a inspirar y olvídate de tus preocupaciones.

Nicolas hizo todo lo que le decía. Con los ojos aún cerrados, Chloe le dio un masaje en el mentón, desde la oreja hasta la barbilla.

–Estoy liberando la tensión de tu cara. Sigue respirando.

–Es agradable.

Deseaba sentir aquella presión por todo el cuerpo.

Cuando acabó con la mandíbula, le dio un beso en los labios.

–Muy bien, ahora hagamos un poco de yoga. Vamos a estirar primero. Inspira, llena de aire tus pulmones –dijo Chloe, y levantó los brazos–. Ahora, colócate sobre la esterilla y exhala al echarte hacia delante.

–Eso es fácil –afirmó Nicolas, después de repetir tres veces lo que le había pedido.

–Sí, ya lo veo. La siguiente es la postura del perro. Te enseñaré a hacerla.

Apoyó las manos en el suelo y, sin levantar los talones del suelo, empujó la pelvis hacia arriba. Aquella postura con el trasero apuntando hacia él era su favorita.

–Inténtalo.

Lo hizo lo mejor que pudo, pero estaba seguro de que su postura no era tan sexy como la de ella.

–Bastante bien, pero… –dijo Chloe, y se levantó–. ¿Te importa si te pongo las manos en…

–Por favor, tócame donde quieras –la interrumpió sonriendo.

–En las caderas.

Se colocó detrás de él, lo agarró por las caderas y tiró ligeramente.

–Empuja con tus caderas hacia atrás. Así. Lleva la rabadilla hacia el cielo.

Hablaba con soltura, pero aquel tono grave lo estaba volviendo loco. Deseó mirarla a la cara en vez de estar contemplando la esterilla. Su rabadilla no era la única parte de su cuerpo que se alzaba hacia el cielo. Si bajara un poco las manos…

–Perfecto.

Al soltarlo, percibió el mismo vacío que sentía cada vez que apartaba las manos de él. Se colocó a su lado e hizo la pose del perro.

–Ahora vamos a hacer una plancha. Muy bien, eso es. Espera, baja un poco el trasero.

–¿Así?

–Demasiado. Mira, te lo mostraré.

Se levantó y le puso las manos en los glúteos. No solo le hizo bajar el cuerpo para adoptar la posición correcta, sino que se quedó acariciándolo como si estuviera calibrando sus músculos.

¿Por qué su amigo Tony odiaba el yoga?

–A este perro le gusta lo que estás haciendo.

–No, solo estoy… Mi intención no es…

–¡Espera! –exclamó al sentir que se apartaba.

Nicolas se volvió, la tomó de la muñeca y tiró de ella hasta colocarla encima. Luego la besó con ansia.

Chloe se aferró a sus hombros. Tenía las piernas sobre las de él y los pechos contra el suyo. Nicolas sentía sus latidos y el calor de su entrepierna.

–Esta postura es la que más me gusta –le susurró junto al cuello.

La tomó del trasero con la otra mano y la atrajo contra su miembro erecto.

Ella jadeó y se acopló a él. Estaba muy excitado y si volvía a gemir o a moverse, le sería imposible detenerse. Siempre había sabido controlarse, pero con Chloe le era imposible. Deslizó las manos bajo su camiseta, le desabrochó el sujetador y tomó con la mano uno de sus pechos.

Ella inspiró hondo y abrió los ojos de par en par, pero no se levantó ni le soltó los hombros. Nicolas la vio tragar saliva. Tenía los ojos clavados en los suyos. Parecía que había estallado una tormenta en sus ojos azules.

¿En qué estaba pensando?

–Aquí no. En tu habitación o en la mía.

–Donde quieras.

–En cualquier parte. Cuando estoy contigo, quiero más. Eres lo único en lo que pienso. Por favor, llévame a tu habitación y… –dijo y se mordió el labio–. Quiero darte placer como tú me lo has dado.

Nicolas deslizó una mano por su pecho.

–¿Te refieres a los besos, las caricias…

–Oh, Dios, sí –dijo y rodó para apartarse.

Él se levantó, sintiéndose más ligero de lo que se había sentido en años. ¿Serían sus chacras o la excitación? No lo sabía ni le importaba. Lo único en lo que podía pensar era en Chloe.

–Sal de la esterilla –dijo ella–. Date prisa.

Capítulo Quince

RW estaba en un coche camuflado, delante de la casa donde esperaba salvar a la mujer a la que amaba. El hombre que había estado persiguiendo a Angel durante todos aquellos años estaba dentro. De una vez por todas, iba a apartar a Cuchillo de Angel.

El plan que había ideado con la ayuda de Angel estaba dando resultado. Matt y Jeff habían encontrado la felicidad con mujeres que los amaban. Con Nicolas en Plunder Cove, Chloe también iba a ser feliz. Sus hijos se tenían unos a otros y los habitantes del pueblo tenían el complejo hotelero.

Acabar con Cuchillo para salvar a Angel iba a ser su último gran acto.

–¿Funciona el micrófono? –preguntó RW, presionando el cable contra su pecho.

El detective que había ayudado a RW a lo largo de todo el proceso comprobó el sistema de escucha.

–Sí, no lo toque. Ya está todo listo.

RW se bajó del coche y cruzó la calle en dirección a la casa. Al ver que un coche se acercaba, se ocultó detrás de unos arbustos.

La puerta se abrió y una mujer salió. Se quedó mirando la verja a la espera de… ¿de qué? Parecía nerviosa, como si supiera que estaba siendo observada. Cuando miró hacia los arbustos, RW sintió que el corazón se le salía del pecho. Aunque reinaba la oscuridad, estaba seguro. Reconocería aquel bonito rostro en cualquier parte. Era Angel.

Estaba tan sorprendido que se quedó inmóvil. ¿Qué demonios estaba haciendo allí?

Se cuadró de hombros y rápidamente se dirigió hacia la verja. Iba a entrar.

«Maldita sea, no».

RW salió de entre los arbustos hacia Angel. Tenía que detenerla para impedir que Cuchillo la viera. Pero antes de alcanzarla, la puerta se abrió y Angel entró.

RW se acercó a una ventana abierta. Tenía que darse prisa y pensar qué hacer. No podía ver, tan solo oír. El corazón le latía a mil por hora.

–No pensé que volvería a verte –dijo una voz de hombre–. ¿Me has echado de menos? Registradla.

–Está limpia, Cuchillo.

–Chica lista. ¿A qué has venido? –preguntó Cuchillo.

–A pedirte que dejes de perseguirme. Ya está bien de amenazas. No quiero que mates a nadie por mí.

–¿Matar a alguien? Ves demasiada televisión. Somos buena gente, ya lo sabes.

–No llevo micrófonos, Cuchillo. Nunca ha habido mentiras entre nosotros, ¿por qué empezar ahora?

–Muy bien, nada de mentiras. Sabes lo que voy a decir.

Silencio. RW se la imaginó bajando la cabeza. Lo sabía. Le había contado lo que Cuchillo le diría si alguna vez volvían a encontrarse. Eso había sido el detonante para que RW hubiera planeado todo hasta llegar a aquel punto.

–Te saqué de la calle y te acogí en mi familia y en mi hogar. Te convertiste en una ladrona muy habilidosa y astuta, pero nunca pensé que serías capaz de robarme. Me quitaste todo lo que era importante para mí: familia, legado… Esas cosas no se tocan. Devuélvemelas.

–No puedo hacerlo, Cuchillo.

Se quedaron en silencio en la habitación. RW contuvo la respiración al pensar que Cuchillo se estaba refiriendo a Julia, esposa de Matt e hija de Angel. Para protegerla, había huido con ella y la había mantenido oculta. Angel había hecho muchos sacrificios por su hija y por él.

Estaba dispuesto a hacer lo mismo por ella, incluso a enfrentarse a quien hiciera falta para darle una vía de escape.

–¡Me robaste a mí! –rugió Cuchillo–. Me quitaste a mi hija. Devuélveme a mi pequeña.

–Ahora es una mujer adulta que toma sus propias decisiones –dijo Angel con una calma sorprendente–. Puedo preguntarle si quiere conocerte. Tendría que ser en un sitio público que nos venga bien a los tres. A cambio, dejarás de perseguirnos.

–Es una proposición muy interesante y estoy de acuerdo en dejarla en paz si es lo que ella quiere –prosiguió Cuchillo–. Pero tú… Tú debes pagar por lo que me has hecho a mí y a nuestra familia.

RW buscó por los arbustos un palo o una piedra y se acercó agazapado hasta la casa.

–Sabes que nunca he hablado –dijo Angel.

–Claro que has hablado. El viejo Harper sabe cosas. El detective que envió lo dijo. La gente siempre habla.

RW encontró en el suelo lo que buscaba. No era una piedra, sino un martillo, y lo recogió.

–Por favor, Cuchillo, olvídate de mí. Te prometo que RW no sabe nada.

«Sé lo suficiente».

–Prepárate, Cuchillo –susurró RW, mirando el martillo.

–Para pagar por lo que has hecho, vuelve con tu viejo millonario y tráeme algo suyo que me compense por estos diez años y te dejaré en paz.

–¿Robarle a RW? –dijo Angel con voz quebrada–. No pienso hacerlo.

–Está bien. Entonces, pagarás ahora mismo y encontraré a mi pequeña sin ti.

–No –gritó–. No la busques, Cuchillo. Déjala en paz.

–Haré lo que me dé la gana.

Cuando oyó el llanto de Angel, RW se enfureció y se dirigió hacia la puerta.

–De acuerdo, lo haré –dijo entre sollozos.

RW se quedó de piedra. ¿Qué era lo que pensaba hacer?

–Tomaré lo que sea de RW, pero déjame hablar con mi hija antes para que sea ella la que decida si quiere verte. Creo que es lo mejor tanto para ella como para ti.

–Muy bien, trato hecho. Pero no se te ocurra saltártelo.

RW bajó el martillo y se ocultó entre las sombras. ¿Por qué había recurrido a Cuchillo? ¿Acaso no confiaba en que él pudiera protegerla?

Angel, su preciosa Angel, la mujer por la que estaba dispuesto a arriesgar su vida, por fin iba a volver a casa.

Y todo, para robarle.

Capítulo Dieciséis

Chloe estaba en la habitación de Nicolas. Ambos estaban como más les gustaba, desnudos.

–Vaya –dijo ella sonriendo ante la belleza masculina que tenía ante ella–. *Quão lindo*.

–Me excita mucho oírte hablar en portugués –replicó él, colocándose encima de ella–. Más, por favor.

–*Obrigado, cachaça*, Río de Janeiro.

–Ay, *gatinha*. Hay algo más que tienes que aprender: *me beije* –susurró junto a sus labios.

–¿Qué significa?

–Bésame.

–*Me beije* –dijo ella mirándolo a los ojos–. Pero ahora me toca a mí darte placer.

El corazón le latía desbocado. Lo empujó sobre la cama y se echó encima de él. Estaba deseando besarlo de arriba abajo, pero se detuvo en la zona media y se entretuvo hasta hacerlo gritar. Se sentía poderosa.

–Ven aquí.

La tomó de los brazos y tiró de ella. Parecía sorprendido. ¿Cómo era posible? Había estado con muchas mujeres bonitas en su vida. Ella no era modelo ni actriz ni una famosa cantante. Era simplemente Chloe Harper.

La besó lenta y apasionadamente. Había estado con muchos hombres guapos y sexys y había tenido buen sexo, pero nunca antes la habían besado de aquella manera.

Nicolas la rodeó con su mano por la cintura hasta tomarla por el trasero y estrecharla contra él.

—*Minha* linda.

Se aferró a él con brazos y piernas y se hizo a la idea de que era suya. Aquel era el mejor momento de su vida y quizá no durase mucho más.

Los ojos se le inundaron de lágrimas. No se atrevía a reconocer sus temores.

«Oh, Dios mío, ¿es esto lo que se siente al estar enamorada? ¿Por qué me resulta tan doloroso?».

—¿Estás bien?

—Lo siento, me emociono con facilidad. Me está encantando.

Él sonrió.

—Yo, también. Estoy listo.

Se puso el preservativo y la penetró.

—Sí, más hondo.

Nicolas empujó con fuerza y se hundió más profundamente. Sus embestidas la estaban volviendo loca. Se retorció debajo de él, acompasándose a su ritmo y devolviéndole tanto como recibía. ¿Podía aquel deseo ardiente abrasar a una mujer desesperada? Aunque así fuera, necesitaba más.

Se movían al unísono en una búsqueda imparable por liberarse. Chloe estaba cerca, muy cerca. Se aferró a él con todo su ser, conteniéndose con la esperanza de que aquel momento se prolongara. Cuando sintió que Nicolas comenzaba a sacudirse, se dejó llevar, y juntos alcanzaron el éxtasis. Después, se desplomó sobre ella.

Un torbellino de emociones intensas la invadió y unas lágrimas corrieron por sus mejillas.

–Chloe –dijo él incorporándose–, ¿te he hecho daño?

Tenía el corazón desgarrado. No tenía ninguna duda de que se había enamorado de él. Quería estar a su lado para siempre.

–Estoy bien –mintió.

Se levantó apresuradamente para ir al baño. Quería esconderse hasta que cesaran las lágrimas y pudiera controlarse.

–Espera –dijo él saltando de la cama–. Dime, ¿qué pasa?

Se quedó delante de ella, irguiéndose con su imponente desnudez.

–Nada –respondió, y alzó la barbilla para mirarlo a los ojos–. No eres tú, soy yo. Deseo demasiado y me temo que no puedo tener todo lo que quiero.

–¿Qué significa eso?

Chloe se mordió el labio. Las lágrimas amenazaban con estropearlo todo.

–No quiero que esto termine, Nicolas.

–¿Quién dice que tiene que terminar? –dijo dirigiéndole una mirada ardiente–. Acabamos de empezar –añadió acariciándole el pezón con un dedo.

–Pero terminará cuando vuelvas a Los Ángeles.

Vio algo en sus ojos, en la curva de sus labios, que deseó no haber visto. Le había hecho daño.

–No te des por vencida conmigo, Chloe –dijo con voz entrecortada por la emoción–. Estoy tratando de darte… de darnos… lo que ambos necesitamos.

Ella tragó saliva, pero no pudo deshacer el nudo que se le había formado en la garganta.

—¿Lo estoy haciendo mal, cariño? —continuó él, sacudiendo la cabeza—. Dime qué es lo que quieres.

—A ti, Nicolas —respondió y unas lágrimas rodaron por sus mejillas—. Te quiero a ti.

—Pues tómame, Chloe —dijo y la envolvió en sus brazos—. Aquí estoy.

Lo rodeó por el cuello y lo besó, vertiendo todas sus emociones en aquel beso. Deseaba creer que aquello era real.

La llevó de vuelta a la cama y la hizo tumbarse de espaldas.

—Ahora voy a tomar lo que quiero.

Nicolas comenzó a besarla y a acariciarle la mejilla.

—Hmm, sabes a miel —dijo al llegar a la barbilla.

Chloe rio. Las lágrimas habían desaparecido.

—No te creo.

—Tienes razón. Sabes mejor.

Al besarla en el cuello, una oleada de placer la sacudió. Al sentir la punta de su lengua recorrer su oreja, a punto estuvo de perder la cabeza.

—¿Sabes lo que quiero? —le susurró al oído.

«¿Torturarme dándome placer?».

—¿El qué?

—Hacer que te corras otra vez. Al menos, dos veces más.

Chloe contuvo la respiración. El corazón le latía desbocado en el pecho.

—¿Ah, sí?

—Relájate.

Era difícil, teniendo en cuenta que le estaba besando los pechos otra vez.

–Voy a tomarme mi tiempo. Quiero ir muy despacio –dijo, y dibujó un círculo con la lengua sobre
su pezón erecto.

–No tienes por qué ir tan despacio.

–Ahora me toca a mí llevar la iniciativa, *gatinha*.
Quiero chuparte y lamerte por todos los rincones.
Hay mucha miel donde meter la lengua –dijo sonriendo con picardía–. Lo estoy deseando. Llevo
pensando en esto todo el día. ¿Puedo empezar ya?

–¿Quieres hacer algo con la lengua?

–Recuéstate y verás.

Chloe se tumbó de espaldas y enseguida descubrió que Nicolas tenía una lengua muy habilidosa.
Cerró los ojos y dejó que el hombre de sus sueños
le borrara todas sus preocupaciones.

Capítulo Diecisiete

Chloe le pidió a Robert, el chófer de su padre, que los dejara en la playa. Se había llevado su guitarra y una manta para sentarse.

–¿Quieres que la lleve? –preguntó Nicolas señalando la guitarra.

–Sí, gracias.

Mientras se dirigían hacia la fogata, Nicolas entrelazó sus dedos con los suyos y Chloe lo miró de reojo para asegurarse de que se sentía cómodo con la idea de pasar la velada con su familia. Se le veía relajado y sonriente y probablemente ella también. Hacía mucho tiempo que no se sentía tan bien.

–¡Tía Chloe, llegas tarde! –exclamó Henry corriendo hacia ellos–. Estamos asando malvaviscos.

–Hmm, me encantan –dijo sonriendo a su sobrino.

–¡Eh! Ha llegado Pececillo –anunció Matt.

–¿Pececillo? –preguntó Nicolas.

–Es mi apodo. Solía pasar horas en el mar, persiguiendo a estos dos, nadando hasta las boyas y haciendo surf –dijo, y se volvió hacia Nicolas–. Más tarde iremos a nadar.

–Ya era hora –replicó Jeff y Michele le dio una palmada en el brazo.

Chloe se sonrojó.

–Siento que hayamos llegado tarde.

Matt la estaba mirando con una extraña expresión. ¿Sería de preocupación?

—Te has perdido a mis amigos del servicio forestal. Han tenido que irse. Todavía queda algo de comer.

—Parecía que no habían comido en años —comentó Julia.

—Intenté que esperaran, pero… —dijo Jeff agitando las manos en el aire.

¿También Jeff la miraba de aquella manera? Ambos estaban preocupados por ella. Se mostraban protectores y no parecían estarla juzgando. Tal vez Nicolas había tenido razón cuando le había dicho que sus hermanos no la juzgarían por tener un novio. Sintió que el corazón se le encogía.

¿Novio? ¿Era Nicolas su novio?

En un intento por evitar mirar a su familia mientras aquella idea daba vueltas a su cabeza, extendió la manta en la arena. Sentía que le ardían el cuello y las mejillas.

—Ha sido culpa mía. Chloe me ha estado enseñando algunas posturas de yoga.

—Apuesto a que sí —masculló Michele.

Julia tosió a posta.

¿Tan evidente era que había tenido sexo salvaje con el hombre de sus sueños?

—Henry, ¿por qué no me asas un malvavisco? —preguntó Chloe para cambiar de conversación.

—Claro, tía Chloe —dijo el pequeño Henry, y se dispuso a hacerlo.

—Veo que has traído la guitarra. ¿Nos vas a cantar, hermanita? —preguntó Matt, dándole un codazo.

–No creo que Nicolas quiera que llueva.

–Venga, lo haces muy bien. Antes cantabas mucho –dijo Matt.

–Es verdad, te pasabas el día cantando. Tenías una voz preciosa –intervino Jeff.

¿Qué pretendían sus hermanos? Hacía mucho tiempo que había dejado de cantar porque, siendo niña, su padre le había dicho que dejara de hacer ruido. Había buscado cariño y atención y se había quedado desolada cuando su padre le había dicho que se callara. Le había roto el corazón, y su voz se había apagado. Nunca más había vuelto a cantar en público, y no pensaba hacerlo delante de Nicolas.

–Ni hablar, estáis locos. Pero tal vez Nicolas nos deleite con una canción de su época de cantante. Puedo acompañarlo a la guitarra o puedo dejársela.

Nicolas le acarició el hombro.

–Me gustaría oírte cantar.

–Mis hermanos están de broma, no les hagas caso. Venga, comamos algo. Estoy muerta de hambre.

Se acomodaron alrededor de la hoguera. Michele se sentó delante de Jeff, en la manta, y se recostó en él mientras jugueteaba con su pelo. Julia se puso al lado de Matt mientras su hijo se ponía de cuclillas al lado, concentrado en asar los malvaviscos. Era la imagen de una familia feliz, y Chloe sintió que se derretía. Llevaba tanto tiempo deseando formar parte de aquella escena que casi había perdido la esperanza de que alguna vez se hiciera realidad. Pero allí estaba. Se sentía feliz de que sus hermanos hubieran encontrado el amor verdadero.

—¿Nos sentamos? —le preguntó a Nicolas, señalando la manta que había llevado.

Se sentaron hombro con hombro, rozándose, aunque no como le hubiera gustado. Se le ponía la carne de gallina solo de sentir su calor y su olor masculino la estaba haciendo sentir un cosquilleo. Al lado de aquel hombre, no dejaba de sentir deseo.

Tenía que concentrarse en otra cosa que no fuera empujarlo sobre la manta y echarse sobre él.

—¿Tienes hambre?

—Mucha —respondió él mirándola con picardía—. Me apetece algo dulce como la miel.

Chloe tragó saliva al recordar cómo la había saboreado un rato antes, como si fuera el mejor postre que hubiera probado jamás.

—Más tarde.

—¿Me lo prometes?

Ella asintió. Su imaginación se había disparado.

—Muy bien —dijo Nicolas, tomándola de la mano—. Haré que lo cumplas.

—Bueno, ¿comemos?

Después de dar cuenta de la barbacoa y de hartarse de malvaviscos, Matt les contó algunas historias sobre rescates en los que había participado junto a la brigada forestal. Matt no necesitaba trabajar porque era heredero de la fortuna de la familia Harper, pero hacía labores de voluntario como piloto para rescatar a gente perdida. Siempre le había gustado volar. Su hijo estaba atento a cada una de sus palabras, pero poco a poco el sueño le fue venciendo. Era tarde para él. Acabó acurrucándose junto a su madre y se quedó dormido.

Cuando la charla decayó, Nicolas tomó la guitarra.

—¿Por qué no cantas *Baby, come after me*? —propuso Michele.

—¿Vas a bailar? —le preguntó Julia llevándose las manos al pecho—. Me encantaba verte bailar.

—Eh, pensaba que al que te gustaba ver bailar era a mí —refunfuñó Matt.

—Y así es, cariño. Pero Nicky M era... —terció Julia y comenzó a abanicarse.

Todos rieron. Chloe entendía perfectamente lo que Julia quería decir, pero de repente no quería que bailara para nadie que no fuera ella. Estaba perdiendo la cabeza.

—No, no le haremos bailar.

—Puedo bailar contigo si quieres —le dijo Nicolas.

—¿Qué tal el sábado por la noche, en la inauguración del restaurante? —intervino Michele—. Tendremos una pequeña orquesta y nos podrás enseñar tus pasos. Tal vez mi marido se anime a sacarme a la pista.

—¿Jeff? —dijo Chloe riendo—. Espero que tengas zapatos de punta de acero.

—Hombre, no soy tan bailarín como Matt, pero no se me da mal —protestó Jeff y se volvió hacia Michele—. Prepárate, porque voy a hacer que no pares de dar vueltas por la pista.

—Ay, promesas, promesas —suspiró Michele, y le guiñó un ojo a Chloe.

Siguieron haciendo bromas sobre la habilidad

de Jeff para bailar. Era cierto que no se le daba mal, pero era tan perfeccionista que odiaba no destacar.

Nicolas seguía la charla familiar con expresión nostálgica. ¿Echaba de menos a su familia?

—Esa canción fue un éxito, pero mi favorita era aquella lenta…, cómo se llamaba. ¿*Meu doce amor*? —dijo Michele—. ¿La tocarás?

Mi dulce amor. Chloe suspiró.

—A mí también me gustaba. Aprendí a tocar la guitarra con esa canción.

—Se pasaba el día tocando esa canción. Incluso en sueños la oía. Mi hermana aprendió a tocar sola —comentó Jeff con orgullo—. Es una mujer asombrosa.

—Es tenaz y perseverante. Es una Harper, lo lleva en la sangre —añadió Matt.

—De ahora en adelante, cada vez que la toque, pensaré en ti —le dijo Nicolas a Chloe.

—Es lo más bonito que me han dicho jamás —replicó Chloe, llevándose la mano al pecho como había hecho Julia un poco antes.

—Venga —dijo Nicolas, y le indicó que se sentara frente a él—. Tú toca y yo canto.

Se sentó cruzada de piernas y tomó la guitarra. La sola idea de tocar una canción con Nicolas le provocaba temblores. Como si tal cosa, él le puso la mano en el muslo y se estremeció.

—Relájate. Inspira y olvídate de tus preocupaciones —le susurró al oído—. Tú puedes.

Parecía estarle repitiendo su mantra.

—Pan comido —dijo ella sonriéndole.

Comenzó a tocar la guitarra y él cantó a su lado.

Su voz era más profunda que antes, más sexy. No necesitaba concentrarse en las notas porque se sabía la melodía de memoria.

La miraba como si le estuviera cantando a ella. La letra hablaba de promesas de amor eterno. Durante años había creído que lo que decía aquella canción era completamente cierto, que era posible enamorarse de alguien que no la apartara de su lado. Pero por lo que había vivido sabía que aquella canción no era más que un cuento. Hacía tiempo que había dejado de tocarla porque la entristecía. Nadie la había amado como decía la canción. No había habido ni una sola persona en su vida que no la hubiera abandonado.

Cuando llegó a la última línea, cantó, mirándola directamente a los ojos.

–*Mi amor, mi dulce amor, mía para siempre.*

Chloe dejó de tocar. Tenía los ojos llenos de lágrimas. Se quedaron mirándose en silencio durante largos segundos, como si fueran las únicas dos personas que estaban en la playa, junto a aquella fogata.

Entonces, su familia aplaudió.

–¡Lo has hecho muy bien! –exclamó entusiasmado–. He cantado esa canción muchas veces, pero nunca así. Y todo, por lo que despiertas en mí, *gatinha* –añadió, y le secó una lágrima con el pulgar, antes de levantarse y tenderle la mano–. Ven –dijo, y se volvió hacia los otros–. Muchas gracias por una noche tan agradable.

–¿Ya nos vamos? –preguntó sorprendida mientras se ponía de pie.

–El después está a punto de comenzar.

–¡Espera! –exclamó Jeff levantándose también–. Necesito hablar contigo, Nicolas.

–¿Ahora? –preguntó Chloe.

–Sí, ahora. Acompañaré a Nicolas a su habitación y tú, Matt, vuelve con Chloe.

–¿De qué va esto, Jeff? –le preguntó su hermana.

Matt se puso de pie.

–Necesito hablar contigo de algo importante, Pececillo. Lo siento –añadió, y le estrechó la mano a Nicolas–. Es un asunto familiar.

Tal vez fuera algo relacionado con su padre. El corazón empezó a latirle más deprisa. ¿Por qué no se lo habían dicho antes? ¿Sería por eso por lo que sus hermanos parecían tan preocupados?

–Entiendo. No vemos luego, Chloe –dijo Nicolas, dándole un beso en la mejilla.

–Eso espero.

Cuando el coche de Matt echó a andar, se volvió hacia Matt y sus cuñadas.

–Contadme qué está pasando.

–Es tu padre, Chloe –dijo Michele.

–Creo que tiene algo que ver con tu madre también –añadió Julia.

–Mis fuentes me han dicho que ha estado en contacto con el FBI para ayudar a Angel y detener a la banda con la que estuvo implicada. Debería haberse mantenido al margen.

–La quiere, Matt –dijo Chloe–. Hará todo lo que pueda para salvarla.

–No está en condiciones y no debería haberse ido solo en coche.

–¿Solo? –preguntó Chloe.

RW Harper nunca conducía. Para eso tenía un chófer.

—El Bugatti no está en el garaje. Absolutamente nadie tiene ni idea de adónde ha ido. Papá ha desaparecido.

Capítulo Dieciocho

Nicolas volvió a Casa Larga con Jeffrey Harper, que estuvo en silencio durante todo el trayecto. Se le veía tenso. Algo tenía en mente.

Harper aparcó delante de la mansión y apagó el motor.

–Chloe es una mujer muy especial.

–Sí, lo es.

–No, creo que no lo entiendes. Además de bonita y frágil, es muy importante para mí y haré todo lo necesario para protegerla.

Nicolas se cruzó de brazos. Aquella actitud de hermano protector no era algo nuevo para él.

–Tomo nota.

Jeff sacudió la cabeza.

–Conozco a los de tu clase. Qué demonios, yo mismo era así. Puedes salir con quien quieras. Las mujeres se lanzan a tus brazos y pierden la cabeza. Chloe lleva enamorada de ti toda la vida.

Nicolas tragó saliva. Ser admiradora no era lo mismo que estar enamorada.

–Lo ha tenido difícil, muy difícil –prosiguió Jeff–. Algunas personas no deberían tener hijos, por ejemplo, mis padres. Chloe siempre ha querido agradar. Es muy cariñosa y se entrega con todo su corazón aunque no obtenga nada a cambio. Se ocupó de mí cuando la necesité. Se quedaba en mi puerta y me cantaba todas aquellas estúpidas canciones. Hasta que mi padre le dijo que se callara. Ese canalla le hizo daño, acabó con su espíritu libre. Matt y yo tratamos de protegerla, pero nos apartó de su lado y a ella la mandó a vivir con esa desagradable mujer a la que llamamos mamá. Es un milagro que haya sobrevivido.

–Me contó que su infancia fue difícil, pero desconocía que lo hubiera pasado tan mal.

–Te cuento esto para que no le hagas daño, Medeiros. Chloe es más importante para mí que tus negocios, que el restaurante o mi reputación.

–Entiendo.

–No, creo que no lo entiendes. Es evidente que siente algo por ti. No lo digo por ti, sino por ella. Lleva toda la vida buscando cariño y atención, y se entregará en cuerpo y alma para convertir lo que haya entre vosotros en una relación seria porque eso es lo que quiere. Se merece encontrar un hombre que la quiera y la cuide.

Nicolas tragó saliva. La pregunta era: ¿se la merecía él?

–Vayamos al grano –dijo Jeff–. Chloe es lo más importante. Como le hagas daño, mi hermano y yo acabaremos contigo.

–Mi intención no es hacerle daño –gruñó Nicolas.

–Pero se lo harás, ¿verdad? Lo haces siempre.

Nicolas no contestó. Ambos sabían la verdad.

–Vete ya, Medeiros. Le diré que te ha surgido una urgencia en Los Ángeles y que te has tenido que marchar. Matt puede llevarte de vuelta esta misma noche en el avión.

Nicolas se bajó del coche, pero en lugar de marcharse, se asomó por la ventanilla.

–No importa lo que pase, tenéis que ser más considerados con vuestra hermana.

Jeff frunció el ceño.

–¿Yo? ¿Qué he hecho?

–Tiene la impresión de que no se merece este trabajo ni vuestro cariño ni ser una Harper. Será mejor que le aclaréis las cosas o tendréis que véroslas conmigo.

Jeff se quedó sorprendido.

–¿Eso piensa? Pero si es la mejor de todos nosotros.

–Entonces, díselo, Harper. Demuéstraselo, que se dé cuenta de que la apreciáis.

–Por supuesto que la apreciamos –dijo Jeff sacudiendo la cabeza–. Es de la familia.

–No me tienes que convencer a mí.

–De acuerdo. Le dejaré claro lo importante que es para mí y para toda la familia. Quédate con la conciencia tranquila. Pero ¿puedes prometerme que eres el mejor hombre para mi hermana?

Nicolas respiró hondo.

–No, no puedo.

–Entonces, vete. Es lo mejor que puedes hacer.

¿Qué era lo mejor que podía hacer? ¿Estaba siendo egoísta al admitir las consecuencias de aquella atracción que sentía por Chloe?

Sí.

Jeff Harper se había dado cuenta de la verdad. Por mucho que cantara sobre relaciones eternas, no tenía ni idea de cómo hacer que duraran.

Sin decir nada más, se fue a su habitación y

se dejó caer en el sofá. ¿Qué era lo que debía hacer? Deseaba a Chloe Harper como nunca había deseado a nadie. Una semana no había sido suficiente.

Pensó en todos aquellos rostros bonitos que habían pasado por su vida y se dio cuenta de que Jeff tenía razón: Chloe era especial. Nunca se había sentido tan compenetrado con nadie. Podía ser su mujer para toda la vida, pero ¿estaba preparado para una relación estable? Chloe pensaba que sí, pero no estaba seguro de poder asumir la clase de compromiso que se merecía.

No podía cambiar por mucho que quisiera. Siempre había sido aquel chico pobre desesperado por mantener a su familia y conseguir que el público lo amase. Había trabajado mucho por dejar atrás la pobreza, pero eso había supuesto relegar su vida a un segundo plano. No veía cómo podía encajar una relación con Chloe.

Jeff Harper tenía razón: debería irse cuanto antes. Pero ¿por qué no le respondían las piernas?

Oyó su teléfono sonar y miró a su alrededor. Recordó que lo había dejado en un cajón porque Chloe se lo había pedido. Otra muestra más de que aquella mujer lo había afectado. No había pensando en llamadas ni en correos electrónicos en todo el día.

–¿Sí? –contestó.

–Te he mandado un montón de mensajes. Ya pensaba que te habías muerto –protestó Tony, su antiguo representante–. ¿Estás bien?

–Nunca he estado mejor. Llevo desconectado todo el día.

–Pues avísame cuando te abstraigas de la realidad. Estaba a punto de que me diera un infarto.

–Tienes que hacer más ejercicio y comer menos. Bueno, ¿qué pasa?

–Solo quería hablar contigo. ¿Qué tal está el *resort* de los Harper?

Nicolas pensó en todos los bonitos rincones que Chloe le había mostrado.

–Es increíble. Voy a firmar el contrato. Es el sitio perfecto para el programa.

–¿No quieres ver antes los otros dos?

–No, todo lo que quiero está aquí. Creo que me voy a quedar unos cuantos días más para hacer yoga.

–Oh, no –dijo Tony después de unos segundos de silencio–. No me digas que esto tiene que ver con otra mujer. ¿Es ella la que te está enseñando yoga y te obliga a firmar el contrato?

Nicolas no dijo nada.

–Maldita sea, Nic. ¿Acaba de cortar con Lila y ya estás con otra? ¿Qué te pasa, tío?

Hacía tan solo unos días que la conocía, pero sabía cómo era.

–Esta mujer es especial, no se parece en nada a Lila. Es honesta y dulce, atenta y cariñosa. Es única.

–Sí, claro. Todas lo son cuando quieren algo de ti –farfulló Tony, y suspiró–. ¿Cuándo vas a madurar?

Aquello le dolió.

–Estoy intentando ser una mejor persona.

–¿De veras? ¿Cargando energía al inspirar y olvidándote de tus preocupaciones al expirar? Eso son tonterías.

Nicolas sintió que el corazón le daba un vuelco.

—Te han lavado el cerebro con el yoga, tío. ¿No te acuerdas que tuve un rollo con una instructora de yoga? Era un bombón, pensé que la quería. Después de que di a conocer su estudio entre las celebridades, fue y me dejó. Era fría y calculadora, toda una devoradora de hombres.

¿Tony, enamorado? Imposible. Le gustaba salir con mujeres, pero nunca había mostrado ningún interés por sentar la cabeza.

—Aquella belleza de ojos azules se aprovechó de mí —prosiguió su amigo—. Tremenda actriz estaba hecha.

Un extraño presentimiento lo asaltó.

—¿Cómo se llamaba?

—Chloe Harper.

El corazón se le detuvo. ¿Tony había estado con Chloe? Recordó que le había contado que se había mudado de Los Ángeles porque no podía soportar tanta falsedad y superficialidad, y que estaba interesada en tener una relación estable.

¿Sería cierto o estaría actuando? Al parecer, se había aprovechado de Tony para dar a conocer su estudio de yoga. ¿Lo habría engatusado para convencerlo de que firmara el contrato con su padre? ¿Se habría aprovechado de él como lo había hecho de Tony?

De ser así, era culpa suya. Había bajado la guardia y había confiando en ella.

—¿Me escuchas, Nicky? Céntrate y deja de acostarte con todas las mujeres que se te cruzan por el camino.

La línea se quedó muerta, al igual que todas sus ilusiones.

Chloe se despertó sobresaltada. ¿Había oído un portazo?

Se puso una bata y abrió la puerta de su dormitorio. Había un paquete a sus pies. Miró a un lado y a otro, pero no vio a nadie en el pasillo. ¿Por qué no había ido Nicolas a su habitación?

Le dio la vuelta al paquete y leyó la nota:

Chloe,
ha surgido algo y he tenido que volver a Los Ángeles. Te llamaré.

NM

P.D.: Has hecho un gran trabajo, has conseguido que me enamore de la zona.

Abrió el sobre y encontró el contrato de su padre firmado. Nicolas había decidido grabar el programa en Plunder Cove. Había hecho bien su trabajo. Por una vez, su padre iba a estar orgulloso de ella.

Debería alegrarse, pero algo le decía que eso que había surgido no era nada bueno.

Capítulo Diecinueve

Nicolas alquiló un coche para regresar a Los Ángeles. Así tendría tiempo de pensar durante el largo trayecto.

Tony había estado enamorado de Chloe, lo cual no era de extrañar. Era fácil encariñarse con ella. Pero ¿qué había sentido Chloe por Tony?

¿Habría sido una embaucadora, una devoradora de hombres, como había dicho Tony?

No, no podía creerlo. Sus labios y su cuerpo no habían mentido cuando la había acariciado. Estando con él se había entregado completamente y se había dejado llevar. Conocía bien a Chloe Harper. Era una mujer auténtica que estaba intentando ser mejor persona. Había tenido una infancia difícil y había ayudado a otros por medio del yoga y de su dulzura.

También había intentado ayudarle a olvidar las dificultades de su infancia. Y casi lo había conseguido. Cuando se concentraba en vivir el presente y sentir con tanta intensidad como ella, había aprendido a simplemente respirar.

Cuando estaba con ella se olvidaba de todo lo que le había causado dolor, todo aquello que le había movido a trabajar con tanto ahínco y a refugiarse en la música que antes tanto le gustaba. Era un alivio olvidarse de aquel sufrimiento y aliviar la carga que había llevado durante veinte años. Al hacerlo, había conectado con Chloe como nunca antes había conectado con nadie. Por primera vez en su vida se sentía viva. Sensaciones, colores, sentimientos... Todo le resultaba bonito estando a su lado.

Pero no era suficiente.

Sentía algo por ella, le atraía todo de ella. ¿Pero amor? No tenía ni idea de qué era el amor verdadero. ¿Cómo podía ofrecerle algo que no acababa de entender? ¿Por qué había llorado la última vez que habían hecho el amor? ¿Se habría dado cuenta de la verdad, de que nunca podría ser el hombre que esperaba?

Le rompía el corazón no ser un hombre mejor. No era lo suficientemente bueno para Chloe Harper y nunca lo sería.

Se conocía muy bien. Era un hombre que había hecho poco por ayudar a los demás. Nunca había tenido detalles amables. Había salido con muchas mujeres, pero no había amado a ninguna. Tenía pocos amigos de verdad. Si había algo que había aprendido en los últimos días, había sido que tenía que hacer mejores cosas en su vida.

Jeffrey Harper tenía razón. No se merecía a Chloe. Si pudiera cambiar como ella había cambiado, tal vez pudiera convertirse en un hombre mejor. En su búsqueda por relaciones estables, ella había cambiado. Él también podía conseguirlo.

No tenía esperanzas de que fuera a esperarlo. Debía pasar página y encontrar un hombre que la mereciera.

Llegó a su destino al anochecer y se dirigió a

su mansión de Beverly Hills, sintiéndose más solo que nunca.

Su teléfono vibró al recibir un mensaje. El corazón se le aceleró pensando que sería Chloe. No sabía qué le diría. Todavía no tenía el coraje para decirle adiós porque no estaba preparado para dejarla marchar. Se detuvo en un semáforo y la imagen que apareció en su pantalla no era la que quería ver.

Era Lila.

No contestó. No quería saber por qué le estaba llamando. El teléfono volvió a vibrar y en la pantalla apareció el mensaje de Lila: *He cometido un gran error. Te necesito, Nicky. Llámame, por favor.*

Sacudió la cabeza y encendió la radio. La canción que estaba sonando la había producido él dos años antes y todavía le hacía sonreír. Sabía que no seguiría sonando en la radio si él no hubiera sido el productor. Se dejó llevar por las buenas sensaciones y disfrutó de la música. Hacía mucho tiempo que no se sentía orgulloso de su trabajo. Solo había una palabra que podía explicar por qué había cambiado: Chloe.

–Estoy disfrutando del momento, cariño –dijo en voz alta–. Me gustaría que estuviera aquí.

Cuando la canción terminó, intervino el locutor.

–Nuestros pensamientos están con Billy See –se oyó por los altavoces–. Esperamos que se recupere pronto.

Nicolas se aferró al volante. ¿Qué le había pasado a su batería y amigo? O mejor dicho, examigo.

Detuvo el coche a un lado, sacó el teléfono y escuchó el mensaje de Lila.

–Hola, Nicky. Sé que no quieres hablar conmigo. Lo entiendo. He metido la pata contigo y con Billy. Lo siento mucho. Billy y yo tuvimos una discusión, se montó en su moto y… ¡Oh, Dios mío! Se chocó contra un árbol, Nicky. Está en la unidad de cuidados intensivos. No puedo… No tengo a nadie. Por favor, ven.

Sin pararse a pensar, le escribió un mensaje: *Estoy a dos horas. Tranquila, voy para allá.*

Al ver que Nicolas no la llamó al día siguiente, Chloe empezó a preocuparse y se fue a ver a Jeff a la obra.

–Disculpa Jeff, ¿puedo hablar contigo?

Jeff se disculpó con los hombres con los que estaba hablando y se acercó a ella.

–¿Qué pasa?

–¿Sabes algo de Nicolas?

–No.

–Se fue a toda prisa. ¿Qué le dijiste?

–¿Yo? –preguntó, con expresión de culpabilidad–. Por cierto, buen trabajo. Me alegro de que hayas conseguido el contrato. Ese programa nos va a dar mucha publicidad.

–Yo también me alegro de que haya elegido nuestro hotel. Pero ahora se ha ido y, por tu cara, tengo la impresión de que sabes por qué. Suéltalo.

–Si me llamas por mi nombre completo, es que es algo serio.

Ella se cruzó de brazos.

–Conozco a los de su clase, Chloe. Es un donjuán. No te conviene.

–¿Qué le dijiste exactamente?

–Que eres especial y que te mereces un hombre que te ame y te aprecie. Me importas, Chloe. Y a papá y a Matt también.

–Vaya, Jeff –dijo llevándose la mano al pecho–. Eso es muy bonito, pero sospecho que Nicolas te pidió que me lo dijeras, ¿verdad?

–Eso no significa que no sea cierto. De verdad, Chloe, te quiero, todos te queremos. Eres la amalgama de esta familia.

–Gracias –replicó y los ojos se le llenaron de lágrimas–. Supongo que lo sabía, pero necesitaba oírlo. Eres un hermano estupendo –añadió, y se abrazaron–. ¿Qué más le dijiste?

Jeff se rascó la nuca, en un gesto que evidenciaba su nerviosismo.

–Después de que Nicolas y yo tuviéramos ese momento de sinceridad, le amenacé con destruirlo si te hacía daño. Ya sabes, las cosas típicas que decimos los hermanos.

–No, no lo harás.

–Por supuesto que sí. Si te hace daño, no quedará nada de él. Matt está de acuerdo –dijo, y después de una pausa añadió–. De acuerdo, está bien, creo que también le dije que debería irse.

–¿Qué? No, Jeff, dime que no le dijiste eso. ¿Por qué? Soy una mujer adulta, déjame tomar mis propias decisiones en lo que a hombres se refiere. ¿Qué te pasa?

–Escúchame un momento. Era tan solo una advertencia. Es típico en los hombres proteger a nuestras hermanas. Todo el mundo lo sabe.

–Yo no. Nadie me había protegido así. No lo

entiendo. Por primera vez en la vida encuentro a alguien que de verdad me importa y ahora se ha ido. Explícamelo.

–Lo siento, hermanita, de veras lo siento, pero no te merece. Por eso se ha ido Medeiros. Eres demasiado buena para él y lo sabe. Tú también lo sabes, deberías darte cuenta. Le dije que si no se ponía a tu altura que se fuera. Era lo correcto.

Chloe comenzó a dar vueltas delante de él.

–No tenías derecho a hacerlo, Jeff.

–Solo pretendía protegerte y cuidar de tus sentimientos.

–Me gustaría que la gente dejara de preocuparse de mis sentimientos y me dejara disfrutar. Voy a hacer que vuelva.

–No lo llames, Chloe, a los hombres no nos gusta eso.

–No eres quién para decirme lo que tengo que hacer.

Volvió a la casa, decidida a llamar a Nicolas, a pesar de que tenía la sensación de que Jeff tenía razón.

Al desbloquear el teléfono, en la pantalla aparecieron las noticias de la mañana y vio una imagen de Nicolas rodeando con el brazo a Lila, mientras que con el otro la protegía de la prensa. La modelo tenía la cabeza apoyada en su pecho.

Chloe se quedó mirando el teléfono sin entender lo que estaba viendo. Probablemente fuera una foto antigua de cuando Nicolas y Lila eran pareja. Se fijó detenidamente. Nicolas llevaba la misma ropa que la noche anterior, en la fiesta de la fogata. El corazón le latía con tanta fuerza que pensó que le iba a explotar. Desvió la mirada de la foto y leyó las primeras líneas del artículo:

Nicky M reconforta a Lila mientras Billy See continúa en estado crítico después de haberse empotrado con su moto en un árbol.

Esa era la razón por la que no lo había tenido en su cama la noche anterior. Respiró hondo tratando de no llorar. Entendía que Nicolas hubiera ido al hospital a ver a su amigo, pero ¿por qué tenía que abrazar a Lila después de lo que le había hecho?

Y lo más importante: ¿la dejaría marchar?

El corazón se le encogió. ¿Habría perdido un novio por culpa de su exnovia?

Capítulo Veinte

Era media mañana cuando RW volvió a casa. No se detuvo a hablar con nadie y se fue directamente a su habitación, abrió la caja fuerte y sacó una cartera de piel.

—Vaya, estás aquí —dijo Claire al verlo—. Todos te hemos estado buscando, RW. Matthew estaba a punto de mandar a la brigada de rescate.

RW ocultó la cartera detrás de su espalda.

—Un hombre tiene derecho a dar un paseo de vez en cuando, Claire.

—No me vengas con esas. Solo digo que estábamos preocupados. ¿Estás bien? —preguntó acercándose.

Le sorprendió ver compasión en su rostro. ¿Cuándo había sido la última vez que lo había mirado con una expresión que no fuera de odio o de rabia?

—Sí, estoy bien. Tan solo tenía que ocuparme de algunos asuntos. No hay de qué preocuparse.

Como si tal cosa, RW se acercó al escritorio y guardó la cartera dentro de un cajón.

—Es lo normal en una familia, RW.

Sí, una familia. Haría lo que fuera por la gente que amaba. Lo había olvidado estando con Claire o, tal vez, no se había dado cuenta por aquel entonces. Ahora lo tenía muy claro.

–¿Por qué sigues aquí, Claire?

–Ya te lo he dicho, no voy a marcharme –contestó, cruzándose de brazos.

–¿De veras? ¿Por qué no? Tu sitio no está aquí –replicó una voz detrás de ellos.

RW sintió que el corazón le daba un vuelco.

–Angel. Has vuelto.

Apartó a Claire de su camino y se fundió en un abrazo con Angel. Luego tomó su rostro entre las manos y la besó suavemente en los labios.

–Deja que te vea.

Le acarició el pelo y una amplia sonrisa asomó a sus labios.

–¿Quién se cree que es? –preguntó Claire, tocando el hombro de Angel–. ¿No es una asistenta?

–¡Claire! No, no es una asistenta.

Por unos instantes se había olvidado de que Claire estaba en el estudio. Tenía que ir con cuidado con ella porque tenía el poder de impedirle hacer realidad lo que más quería: convertir a Angel en su esposa.

–Mamá, ¿qué estás haciendo aquí? –preguntó Chloe, apareciendo por detrás de su madre–. ¡Angel, has vuelto!

–Hola, preciosa. Me alegro de verte.

RW estaba rodeado de todas las mujeres que habían sido importantes en su vida, aunque en aquel momento solo tenía interés por una.

–Chloe, por favor, llévate a tu madre. O mejor, idos al restaurante. Nos encontraremos allí más tarde.

–Sí, claro. Vamos, mamá –dijo Chloe tomando a su madre del brazo.

–No soy una niña a la que se puede mandar callar y echar de la habitación. Le he hecho una pregunta Angel, ¿o debería decir Juanita? –preguntó refiriéndose a la época en que Angel había estado a cargo de la cafetería del pueblo bajo un nombre falso para esconderse de Cuchillo–. ¿Qué está haciendo en la habitación de RW?

–¿No debería hacerle la misma pregunta? –dijo Angel enfrentándose a Claire–. Llevo años tratando de reparar todo el daño que hizo. ¿Por qué no se va por donde ha venido y deja a RW en paz?

–¿Cómo se atreve a hablarme así? Mi sitio está aquí. Díselo, RW.

–¡Ya está bien, Claire! –rugió RW, y puso la mano en el hombro de Angel–. Cariño, tenemos que hablar.

–¿Hablar de ella? De ninguna manera –exclamó Angel levantando la barbilla y dirigiendo su ira hacia Claire–. Le hizo daño y lo dejó cuando más la necesitaba. También hizo daño a sus hijos. ¿Quién es capaz de eso? ¿Para qué ha vuelto ahora, para aprovecharse de una familia que por fin empieza a funcionar? ¿Qué clase de monstruo es usted?

–No sabe lo que era –gritó Claire–. Era muy diferente a como es ahora. Era terrible.

–¡Mamá! Esto no es una buena idea. Por favor, déjalo –le rogó Chloe.

RW odiaba que su hija tuviera que presenciar aquello. ¿No habían causado ya suficiente dolor a sus hijos?

–Tiene razón –terció RW colocándose entre Angel y Claire–. Era terrible. Nadie debería haber tenido que soportarme. No supe cómo detener la espiral descendente. Lo siento, Claire. Espero que puedas perdonarme lo que nos hice. Y Chloe, te prometo que pasaré el resto de mi vida compensándote por haber echado a perder tu infancia. Lo siento mucho, cariño –dijo y se volvió hacia Angel–. Ya no soy ese hombre y todo, gracias a ti, Angel. Lo has cambiado todo. Por favor, no te vuelvas a marchar. No soporto la vida sin ti.

–Oh, RW, te he echado mucho de menos. Hay algo que tengo que contarte.

–Lo sé. Yo también tengo algo que decirte. ¿Nos disculpáis?

–Pero… –comenzó Claire.

–Más tarde –dijo RW, y acompañó a su esposa y a su hija hasta la puerta.

Luego, volvió junto a Angel y la tomó entre sus brazos antes de besarla apasionadamente.

La había echado tanto de menos que le dolía. Era consciente de que, una vez le contara la verdad, tal vez se fuera. No podía dejar de besarla como no podía evitar que su corazón latiera. Después de unos minutos disfrutando de sus maravillosos labios, la acompañó hasta el sofá y se sentó a su lado.

–¿Por qué está aquí? –preguntó Angel.

RW suspiró.

–Es mi esposa, Angel.

Ella parpadeó, ladeó la cabeza y se quedó observándolo.

–Quieres decir que era tu esposa.

–En mi cabeza, todo lo concerniente a esa mujer forma parte del pasado, pero legalmente sigue siendo la señora Harper.

–¿Quieres decir que seguís casados?

Se apartó de él y sintió un dolor físico.

–En mi cabeza no. Hace mucho tiempo que le envié los papeles del divorcio. Pensaba que los había firmado, pero no me aseguré. Parece una estupidez, pero es la verdad.

Chloe se mordió el labio.

–Hace años que no estáis juntos. ¿Por qué no ha firmado los papeles?

Redujo la distancia que los separaba y colocó sus piernas en su regazo.

–Podía haberlo hecho. Era evidente que no íbamos a volver a ser marido y mujer, especialmente después de cómo terminó todo entre nosotros. No sé por qué no ha firmado. Recibe una buena cantidad todos los meses, por lo que no tendrá que trabajar en su vida. Eso no cambiará después del divorcio.

Angel sacudió la cabeza.

–Aun así, tú y tus hijos trabajáis mucho.

–Haré que firme los papeles del divorcio. Tiene que darse cuenta de que aquí no hay nada para ella. Se lo volveré a explicar. Si le ofrezco dinero, firmará, lo sé –dijo y apoyó su frente en la de ella–. Cualquiera con dos dedos de frente tiene que darse cuenta de que estoy enamorado de ti.

–Oh, RW –exclamó con los ojos llenos de lágrimas.

–Cásate conmigo, Angel –dijo, hincando una rodilla en el suelo–. Por favor.

–Eres demasiado bueno para mí –contestó con voz quebrada–. No merezco tu amor –añadió y se llevó la mano a la boca, como para contener la tristeza–. No tienes ni idea de por qué estoy aquí.

La tomó de la mano y se la llevó al corazón.

–Has vuelto y eso es lo único que importa.

Angel suspiró.

–Tenía que hacerlo.

–Porque te lo ha pedido Cuchillo.

Se quedó pálida.

–¿Por qué dices eso?

–Sé que fuiste a verlo. Podía haberte matado.

–Fui para protegerte a ti y a Julia. Le pedí que dejara de seguirme. Yo también quiero tener una vida, RW –dijo mirándolo a los ojos–, una vida contigo.

–Cásate conmigo.

–No puedo. Cuchillo te mataría si supiera cuánto te… No, no puedo.

–¿Cuánto qué?

Le temblaba el labio inferior y RW tuvo que contenerse para no besarla.

–Cuánto te quiero. Eres el único hombre al que he amado.

Tiró de ella hasta sentarla en su regazo y la besó como no había besado a nadie, virtiendo sus alegrías y temores en ese beso. No quería que terminase nunca.

Fue ella la que se apartó.

–¿No te das cuenta? Cuchillo no permitirá que seamos felices. Te matará solo para hacerme daño. No puedo perderte, RW. Por eso es por lo que he estado lejos tanto tiempo. Me da miedo de lo que es capaz de hacerle a la gente que quiero.

–Primero de todo, no vas a perderme Eres parte de mí y sin ti no soy nada –dijo, y la besó en la sien–. En segundo lugar, Cuchillo te dejará en paz una vez le des lo que quiere.

–¿Cómo sabes eso? –preguntó ella frunciendo el ceño.

–Estuve allí y oí sus exigencias.

–¿Fuiste a ver a Cuchillo? ¿Cómo te has arriesgado tanto? Podía haberte matado.

–Por la misma razón por la que fuiste tú, para que dejaras de vivir con miedo. Sé por qué has vuelto, para robarme.

Ella se levantó.

–No, le dije eso, pero no voy a quitarte nada, RW, no puedo.

–Tienes razón en parte. Lo único que puedes quitarme es mi amor y devoción. Respecto a lo que Cuchillo quiere… –dijo, y se dirigió al cajón y sacó la cartera–. Tengo lo que necesitas. Ten. Estas acciones son más que suficientes para que ese bastardo se dé por contento.

–No –protestó, apartando la cartera–. Solo te necesito a ti, RW. No quiero tu dinero. No soy como Claire.

–Lo sé, cariño, pero tienes que darle algo a ese desgraciado o nunca nos libraremos de él.

–Puede que haya otra manera. Por favor, siéntate a mi lado. Tengo que contarte una historia.

Se sentó, pero el corazón le latía desbocado. Si no aceptaba su dinero, Cuchillo siempre estaría acechándolos.

–Te he hablado poco de mi pasado y quiero contártelo todo. Quiero que conozcas a la mujer con la que te quieres casar y que sepas lo que hizo.

Parecía preocupada. ¿Acaso pensaba que cambiaría de opinión? Conocía a Angel y el pasado no le importaba.

–Me escapé de casa con trece años. Mis padres había muerto y no me gustaba que mis hermanas me dijeran lo que tenía que hacer. Pensaba que era capaz de vivir en las calles, sin mi familia –dijo sacudiendo la cabeza–. Robaba comida y ropa para mí y para otros chicos que habían escapado de casa. Había que sobrevivir. Entonces, conocí a Cuchillo y me invitó a unirme a su banda. Me enseñó a ser mejor ladrona. Por aquel entonces, era un miembro más de su familia, su chica.

Miró en los ojos de RW buscando su rechazo, pero no lo encontró.

–No tienes de qué avergonzarte. Eras una niña de la que se aprovecharon adultos.

–Aun así, debería haberme dado cuenta. Pensé que lo tenía todo bajo control hasta que vi con mis propios ojos de lo que era capaz Cuchillo. Era un hombre malvado. No quería criar a mi bebé en ese mundo, así que me escapé cuando estaba embarazada. Me llevé a su hija lejos de él para protegerla a ella y a mí. Pero eso no fue todo lo que me llevé.

Tomó su bolso y sacó un puñal con una empuñadura de piedras preciosas.

–Vaya, ¿qué es eso? –preguntó RW.

–El tesoro más preciado de Cuchillo –contestó, volviéndolo para que pudiera verlo bien–. Su padre se lo dio en Colombia. Tenía una simbología importante, puesto que el hombre que lo empuñara tendría el poder de la familia en las manos. Según la leyenda, se lo arrebataron a un pirata que intentó atacar el barco de la familia.

RW tomó el puñal y lo acercó a la luz para estudiarlo.

–Lo forjaron en España. Tengo algunas monedas del siglo XVI que recuerdan al oro empleado en este puñal. Las piedras preciosas de la empuñadura valen una fortuna –dijo mirando a Angel–. Faltan algunas.

–Lo sé. Hace unos años quité un rubí y una esmeralda, y las empeñé para comprar la cafetería del pueblo. También tuve que pagar los estudios de Julia, aunque no sabía que el dinero venía de mí..

–Si Cuchillo descubre que tienes la reliquia de su familia…

–Me matará. Aunque no solo por eso, también por robarle a su hija. Y una vez corra la noticia, su abuelo mandará a alguien para que le mate. Por eso está tan desesperado por recuperar el puñal.

Se quedaron en silencio. RW enseguida empezó a pensar en cómo resolver aquel lío.

Angel le puso la mano en el brazo.

–Por eso tenía que venir aquí, no para robarte, sino para pedirte un préstamo y poder recuperar las joyas. Los nuevos propietarios me las venderán en cuanto conozcan la historia. Nadie en su sano juicio robaría al abuelo de Cuchillo, excepto yo, claro –dijo, y esbozó una triste sonrisa–. En cuanto le devuelva el puñal y conozca a Julia, nos dejará en paz.

RW odiaba la idea de que volviera a ver a aquel asesino.

–Es muy arriesgado, Angel.

Ella suspiró.

–¿Qué otra opción tengo?

–Deja que lo piense. De momento, vas a quedarte conmigo.

–No es necesario.

–Oh, nena, claro que es necesario. Tengo grandes planes para esta noche.

No se había olvidado que le había dicho que le quería. Llevaba años deseando oír aquellas palabras de alguien que las sintiera de verdad.

–Además –prosiguió, tomándola de la barbilla para obligarla a mirarlo–, no he oído la respuesta a mi proposición.

–No voy a decirte que sí hasta que esté segura de que Cuchillo no va a venir a por nosotros.

–Ya se me ocurrirá algo. De momento, déjame que te haga feliz.

–Ya lo soy, RW, siempre me haces feliz.

Lo tomó por la nuca y atrajo sus labios a los de ella.

Capítulo Veintiuno

Nicolas y Lila estaban en la sala de espera, ansiosos porque algún doctor o enfermera les informara del estado de Billy después de la operación. Nicolas se levantó y fue a buscar un par de vasos de café.

—Toma, bebe.

Lila tomó el vaso que le ofrecía con manos temblorosas.

—Parece que hace una eternidad.

—Sí, como no venga alguien pronto, iré a ver qué pasa. ¿Cómo te sientes?

—Fatal. Oh, Nicky, lo último que le dije fue terrible.

No le preguntó nada más, no quería saberlo. También había dicho cosas horribles sobre él. Lila era muy inestable y enseguida perdía los estribos.

—Billy sabe que le quieres, tranquilízate.

Lila dio un sorbo a su café, pensativa. Después de unos segundos, se apartó el pelo de los ojos.

—Debo de estar echa unos zorros.

A pesar de la falta de sueño y de la situación de estrés, se la veía muy hermosa. Pero Nicolas ahora sabía que prefería una belleza más natural, que le resultara cada vez más atractiva según la fuera conociendo. Había estado con una verdadera belleza y la había estrechado entre sus brazos. Chloe.

–Estás muy bien, Lila. Además, ¿a quién le importa? Estás en un hospital, no en la pasarela. Tómate un respiro.

–Vaya, nunca antes me habías dicho algo así. Has cambiado. Se te ves más tranquilo, más… ¿Cómo diría yo? Centrado.

–Tienes razón –replicó él sonriendo.

Lila ladeó la cabeza y se quedó a la espera de que se explicara. Pero Nicolas no dijo nada más. No quería hablar de Chloe con su ex. Además, no sabía muy bien cómo explicarle cómo le había hecho cambiar.

–Bueno, pues sigue así. La tranquilidad te sienta bien –dijo ella echándose hacia delante–. Me alegro de que estés aquí, Nicky. Habría entendido que me hubieras mandado a freír espárragos. Lo que dije en ese programa de televisión… No lo dije en serio.

–Las palabras son poderosas, importantes. Tienen su significado.

Al igual que las letras de las canciones.

De repente comprendió por qué componer música era tan importante para él. Lo había apartado a un lado. Las palabras llegaban a las personas, las conectaban, les hacían sentir emociones. Había intentado huir de todo eso, del dolor que había sentido de niño.

Chloe lo había cambiado, y ahora quería sentir todo aquello con ella.

–Lo sé. Voy a intentar ser mejor, lo prometo –dijo Lila.

Mejor. Aquella palabra hizo clic en su cabeza y la asoció a una melodía que se repetía con frecuencia en su cabeza. Era la melodía que le había venido durante una pesadilla en la que Chloe estaba a su lado mientras se enfrentaba a sus temores. Era la primera pesadilla en la que no estaba solo. Era una música enigmática y fascinante, al igual que Chloe.

Mi chica pirata. El título se le ocurrió como un fogonazo, y sintió un hormigueo en la espalda.

–¡Caray! –exclamó.

Era perfecto.

–¿Qué pasa? –preguntó Lila.

–Nada.

No se sentía preparado para anunciar que por primera vez en años había creado una canción. Tampoco quería darle muchas vueltas a la letra. Tenía miedo de que no se le ocurriera nada.

–Tengo trabajo que hacer. ¿Te importa si lo hago mientras esperamos? –preguntó señalando el ordenador.

–No, claro que no. Supongo que tendrás muchas cosas acumuladas.

Nicolas tomó el ordenador y comprobó su correo electrónico.

Tenía un mensaje de RW Harper. El pulso se le aceleró mientras se abría. ¿Tendría algo que ver con Chloe?

Nicolas, estoy entusiasmado con la idea de que tu programa se grabe en mi propiedad. Hay una cosa más que creo que puede beneficiarnos a ambos. Por favor, vuelve a Plunder Cove para que pueda mostrarte una joya que te convertirá en un hombre muy rico.

Nicolas se quedó mirando la pantalla. Solo a RW Harper se le podía ocurrir intentar negociar un trato nada más cerrar otro. Así que le contestó que no. Si volvía a Plunder Cove, sería incapaz de mantenerse alejado de Chloe y le haría daño otra vez. No podía. Era mejor para ella que creyera que no la echaba de menos y así pudiera continuar con su vida.

Él también tenía que hacerlo.

Todavía tenía que escuchar a algunos de los candidatos a concursar en el programa, así que se puso los auriculares. Pero lo que escuchó fue el último mensaje de Chloe en su buzón de voz. Le había dejado varios y no había contestado a sus llamadas. No podía hacerlo porque se sentía muy débil. Si hablaba con ella, se metería en el coche y conduciría hasta Plunder Cove. Lo mejor era no llamar y dejar que lo olvidara.

—Hola, soy yo —decía con tono cansado—. No volveré a llamarte porque sé que no quieres hablar conmigo. Lo entiendo, has pasado página. Si Lila te hace feliz, entonces… Me alegro. Solo quiero lo mejor para ti. Voy a echarte de menos. Llegué a pensar que estábamos hechos el uno para el otro. Gracias a ti, ahora sé que soy capaz de amar. Pero bueno, no voy a hablar de eso. Solo te deseo que… encuentres amor. Te lo mereces. Adiós, Nicolas.

Sintió que el corazón se le encogía. Estaba muy apesadumbrado porque sabía que le había hecho daño, a pesar de haber intentado evitarlo.

Había perdido su única oportunidad de encontrar el amor porque tenía miedo de estropearlo todo. Le deseaba lo mejor y era evidente que Nicolas Medeiros no era lo mejor para ella.

Adeus, Chloe.

Cerró los ojos y visualizó a Chloe Harper una última vez. Era una dulce tortura. Podía oler su aroma y saborear su miel, sus labios y su dulce piel. Su voz era la música de su cabeza, sus palabras, la letra de sus canciones. Le había conmovido su fuerza, su sinceridad, su bondad, su autenticidad. Se la imaginó nadando desnuda a la luz de la luna, su cuerpo esbelto envuelto en la fosforescencia, y dejó que su música llenara su cabeza. Se sentía abrumado por los sentimientos y abrió los ojos.

A continuación abrió un archivo de notas, pero en vez de escribir la letra de la canción, dejó que sus dedos vertieran todo lo que sentía por Chloe. A duras penas podía teclear al mismo ritmo que la melodía surgía en su cabeza. Cuando acabó, se quedó mirando la pantalla, sorprendido. Ante él tenía la primera canción que componía en más de una década.

La canción era estupenda porque le recordaba a Chloe.

El corazón le latía con fuerza porque sabía que sería un éxito. Era la canción que no había podido escribir en todos aquellos años que habían precedido a Chloe. Pero, más que eso, había puesto la verdad en negro sobre blanco para que hasta le más tonto pudiera reconocerla.

–¿Qué acaba de pasar? –le preguntó Lila.

Nicolas se quitó los auriculares.

–¿Qué?

–Te estaba viendo trabajar y tu expresión… Nunca había visto esa expresión en nadie. ¿Qué estás viendo en el ordenador?

–A un tipo enamorado.

Antes de que pudiera decir nada más, apareció un médico que se dirigió a Lila.

—El señor See ha salido de la operación y pregunta por usted.

Lila se puso de pie.

—¿Billy está bien?

—Sí. Tardará un tiempo en recuperarse y tendrá que hacer rehabilitación, pero está fuera de peligro —contestó el doctor.

—Oh, Dios mío, gracias —exclamó, y besó al médico en la mejilla—. Mi chico se va a poner bien.

—Ve con él. Dile que espero que se recupere pronto —dijo Nicolas—, y que cuide de ti.

—Gracias.

Lila echó a correr por el pasillo y Nicolas sonrió.

—Adiós, Lila.

Estaba convencido de que no volvería a verla. No la había amado a ella ni a nadie antes de aquella breve y placentera visita a Plunder Cove. Ahora veía la diferencia entre amor y deseo.

Recogió sus cosas, se puso de pie de un salto y salió a toda prisa del hospital. Tenía un largo camino por delante. Confiaba en que no fuera demasiado tarde para demostrar que estaba preparado para tener una relación duradera.

Capítulo Veintidós

RW propuso a Claire encontrarse en el cenador. Allí era donde solían acudir cuando todavía se llevaban bien para compartir un momento de tranquilidad, lejos de sus hijos y de los empleados. Se sentaban al atardecer a charlar y tomar algo, y a disfrutar de una velada romántica.

De aquello hacia una eternidad y muchas cosas habían cambiado desde entonces.

–Nuestro antiguo rincón –dijo ella mientras subía los escalones.

–Ven, siéntate –le pidió, haciéndose a un lado para dejarle sitio en el banco–. Hay algo muy serio de lo que quiero hablar contigo.

–Déjame que lo adivine. ¿Se trata de Angel, verdad? ¿Vas en serio con ella?

–No lo sabes bien –respondió y se quedó mirando cómo se sentaba–. He tratado de averiguar por qué no firmaste los papeles del divorcio. Hace años que no somos pareja. ¿Por qué quieres seguir atada a mí? ¿Es por dinero?

Claire parpadeó como si fuera a llorar. Aquello era nuevo. Había visto a Claire gritar y arrojarle cosas a la cabeza, pero nunca la había visto derramar una lágrima.

–Sé que no me quieres. Excepto durante los primeros años que estuvimos juntos, cuando los niños eran pequeños, nadie me ha querido ni necesitado.

—Eso no es cierto —replicó RW, y tomó su mano.

Claire levantó la barbilla, pero no apartó la mano.

—Lo es. Reconozco que no soy la persona más fácil del mundo, pero tú y los chicos sois mi familia, la única que tengo. Sin ti… —dijo encogiéndose de hombros—, soy simplemente yo.

—Nunca ha habido nada simple en ti, Claire. Y que conste que tampoco yo soy fácil. Ya sé que no es ninguna novedad.

Ella trató sin éxito de no sonreír.

—Ahora eres más divertido. ¿Por qué me perdí todas las cosas buenas?

—Porque no estábamos hechos el uno para el otro. No me di cuenta hasta que Angel llegó a mi vida. Fue entonces cuando quise reparar todo el daño causado y buscar la felicidad. Te deseo lo mismo.

—Lo único que deseas de mí es que firme los papeles del divorcio. Buen intento, pero no voy a firmar para entregarle mi familia a esa mujer.

RW se recostó en el respaldo. Por fin lo veía claro. Claire necesitaba lo mismo que él, gente que la amara, la comprendiera y cuidara de ella. Una familia. Todo empezaba a tener sentido.

—No importa lo que pase, siempre serás la madre de mis hijos. Eso no te lo puede quitar nadie. Siempre serás parte de esta familia, te lo prometo, Claire. No tienes que ser la señora Harper para ser uno de nosotros.

Ella parpadeó y unas lágrimas cayeron.

–¿De veras?

–De veras.

–¿Me invitarás a las bodas, los cumpleaños…

Sus hijos iban a matarlo.

–Claro.

Claire asintió lentamente, como si estuviera asimilando sus palabras.

RW miró a su alrededor para asegurarse de que estaban solos, y luego le habló de Cuchillo y de cómo pensaba acabar con aquel tipo. Ella escuchó atentamente, con los ojos abiertos de par en par y el cuerpo rígido.

–Así que ahí es donde apareces tú y demuestras que te importan más nuestros hijos que el dinero, Claire.

–¡Nuestros hijos siempre han sido lo primero!

–No, no siempre.

Ella se secó las lágrimas.

–He sido una mala madre, pero te prometo que quiero cambiar. Los quiero mucho.

–Bien, porque mi plan supone renunciar a mucho dinero para proteger a nuestra familia. Esas acciones valen mucho dinero.

Había comprado aquellas acciones adelantándose a una compra hostil que nunca se había llevado a cabo porque Angel lo había hecho cambiar de opinión. ¿Cómo reaccionarían los accionistas cuando descubrieran que una banda colombiana era la propietaria del quince por ciento de la compañía?

–¿Vas a darles las acciones así, sin más? –preguntó Claire.

–Como contraprestación. A cambio, asume la

obligación de no acercarse a nosotros a menos de cien kilómetros.

—¿Incluyendo a Angel?

—Ella sobre todo. Quiero que viva sin miedos.

RW estaba dispuesto a darle a Cuchillo más dinero del que aquel tipo esperaba, pero solo si firmaba el acuerdo y cesaba en sus amenazas. A la más mínima sospecha de que andaba cerca, enviaría el puñal a su abuelo.

RW suspiró.

—Pero sigues siendo mi esposa y dueña de la mitad de todos mis bienes. Tu opinión cuenta. ¿Tengo tu autorización para proteger a nuestros hijos y nieto?

Claire tardó unos segundos en contestar.

—Por supuesto. Al fin y al cabo, soy su madre.

RW hizo amago de marcharse.

—¡Espera! —exclamó, y se quitó la alianza matrimonial—. Toma, firmaré los papeles. Puedes quedártelo. Vale una…

—Sé cuánto vale, Claire. Gracias.

Tenía una familia a la que proteger.

Capítulo Veintitrés

Chloe se despojó de la ropa hasta quedarse en bañador y se dio un baño en el océano. Confiaba en que el agua salada del mar diluyera sus lágrimas.

Echaba de menos a Nicolas. Él y su hasta hacía poco exnovia copaban internet. Algunos medios decían que se habían casado en el hospital, mientras Billy estaba en coma. Otros afirmaban que estaba esperando un hijo de Nicky. Chloe no se creía nada de aquello, pero sabía que algo estaba pasando con Lila porque Nicolas no la había llamado. Las especulaciones, en combinación con aquel silencio, eran insoportables.

Nadó adentrándose en el mar, moviendo con fuerza los brazos y las piernas, hasta que un sonido le hizo sacar la cabeza del agua. Se volvió de espaldas y se quedó a la escucha. Alguien la estaba llamando por su nombre. En la orilla, una figura le hacía señas. El pulso se le aceleró. Se limpió el agua de los ojos, enfocó la vista y se dio cuenta de que no era el hombre al que tanto deseaba ver, sino una mujer. Dio medio vuelta y enfiló hacia la orilla.

Al acercarse, se dio cuenta de que era su madre. ¿Qué querría? Siguió nadando y, cuando volvió a sacar la cabeza, vio que su madre no estaba sola en la playa. Angel estaba a su lado, hombro con hombro. Aumentó el ritmo de sus brazadas y al poco vio a Julia y a Michele acercándose a las dos mujeres. Algo estaba pasando y todas parecían estar esperando a que saliera del agua. Su madre le tendió una toalla.

–¿Qué está pasando? –preguntó al llegar a ellas mientras se envolvía con la toalla.

–Es tu padre… –dijo Angel.

–Y Matt y Jeff –añadió Julia.

Chloe miró alternativamente aquellas caras. Todas parecían preocupadas.

–Me estáis asustando. ¿Qué pasa?

–RW fue a proponerle un acuerdo a Cuchillo y los chicos insistieron en acompañarlo.

–Oh, no. ¿Y nadie ha podido impedírselo? –preguntó Chloe.

–Tenían que hacerlo o el peligro siempre estaría ahí –afirmó Claire con la mirada puesta en Angel–. Somos Harper y cuidamos de los nuestros. No estamos dispuestos a permitir que nadie nos amenace. Angel, eres una más de la familia.

–Dios mío, gracias.

Angel extendió los brazos y las dos mujeres se fundieron en un abrazo.

Chloe se quedó boquiabierta. Miró a Julia y a Michele, y ambas estaban tan sorprendidas como ella. ¿Cómo era posible aquello?

–No voy a estar tranquila hasta que vuelvan. Vámonos al bar –dijo Michele.

***

–¡Cuchillo! –lo llamó RW.

Había vuelto al barracón, pero esta vez no se escondió detrás de los arbustos. Había hombres en el tejado, probablemente armados. Era consciente de que era un objetivo fácil y confiaba en que Cuchillo cumpliera su palabra y accediera a reunirse con él para negociar.

–Dile a tus hombres que retrocedan.

–Bajad las armas –ordenó una voz grave desde el interior–. ¿Cómo sé que tienes el legado de mi familia?

–Tendrás que confiar en mí. Lo mantendré a buen recaudo a menos que me traiciones.

Siguió avanzando y les hizo una señal a sus hijos para que permanecieran detrás de él.

–¿Has traído eso? –preguntó Cuchillo.

RW levantó la cartera para que todos la vieran.

–Está todo aquí.

–Abrid la puerta –ordenó Cuchillo.

Un foco de luz cegó momentáneamente a RW mientras era cacheado. Luego, lo siguieron Matt y Jeff.

–Muy bien, Harper. Adelante. Bienvenido a mi casa. Estoy seguro de que no se parece en nada a tu mansión.

RW no perdió el tiempo mirando a su alrededor. Sus ojos estaban clavados en el hombre musculoso de mediana edad que había aparecido ante él y que lo miraba amenazador.

–Cuchillo.

–Tengo que reconocer, Harper, que pocos hombres tendrían las agallas de venir aquí. No sé si eres valiente o estúpido.

RW le sostuvo la mirada sin inmutarse.

–Digamos que soy atrevido. Y ahora, firma el acuerdo y podrás quedarte con el dinero. Las deudas de Angel quedan saldadas. Pero no te perderé de vista. Si descubro que tú o cualquiera de tu banda se acerca a mi familia, pagarás. He acabado con enemigos peores que tú.

Cuchillo sonrió.

–Entiendo por qué le gustas, Harper. Firmaré ese acuerdo, pero quiero una cosa más. Quiero a mi hija.

RW rezó mentalmente para que Matt no interviniera. Sabía que nunca pondría a Julia en peligro, ni siquiera para conocer a su padre.

–Tu hija no es parte de este acuerdo. Es feliz donde está y debes dejarla en paz. Créeme, sé muy bien de lo que hablo. Soy un padre que ha cometido muchos errores y me esfuerzo día y noche por enmendarlos y hacer lo mejor para mi familia. Es la única manera en que un hombre es digno de ser llamado padre. No lo entenderías.

–Quiero conocer a mi hija. ¿Tan malo es?

–¿Es esta la clase de vida que quieres para ella? Eres un egoísta.

Cuchillo no respondió con palabras, pero sus ojos oscuros se llenaron de furia. RW le había tocado la fibra sensible.

–Un padre cuida de su hija y se esfuerza en darle más de lo que tiene: una vida mejor, un mundo mejor. Todo por ella, no por ti. ¿No quieres ser un buen padre?

RW había hecho daño a sus hijos en muchos aspectos. Pero por suerte, eran tan fuertes como él. Eran supervivientes y luchadores con un gran corazón.

–¿Cómo iba a saber ser un buen padre? Angel me arrebató la posibilidad.

–Hizo lo mejor para su hija, apartarla de una vida de delitos. Angel crio a tu hija en un lugar lleno de cariño y amigos. Creció fuerte en un entorno seguro. ¿No es lo que te hubiera gustado?

Cuchillo entornó los ojos.

–Conoces a mi hija.

–La quiero como si fuera mía. Ahora forma parte de mi familia. ¿Cerramos el trato o quieres que haya guerra?

Cuchillo se quedó callado. Por una vez, parecía estar pensando en otra persona y no en él.

–Sí, trato hecho.

Al entregarle la cartera, reparó en el lenguaje corporal de Cuchillo. Parecía desesperado. Conocía muy bien esa sensación.

–Pongámonos en marcha, papá –intervino Matt.

–Enseguida. Tengo algo más para Cuchillo.

RW levantó el brazo y lanzó al aire un objeto plateado. Cuchillo lo recogió mientras sus hombres se llevaban la mano a la pistola.

–¿Un teléfono móvil? –preguntó Cuchillo estudiando el aparato que tenía en las manos.

–Es un teléfono de prepago. Si tu hija quiere hablar contigo, puede hacerlo. Así no podrás rastrear su ubicación.

A Cuchillo se le iluminó el rostro.

–¿Por qué has hecho esto?

–Porque sé lo que se siente. A veces lo único

que quieres es oír su voz para saber que está bien, que es feliz.

Cuchillo asintió con los ojos llenos de lágrimas.

–Cuida de mi niña.

RW asintió.

–Recuerda que tenemos un acuerdo. No me falles.

Se volvió y se obligó a caminar con paso firme hasta el coche. Una vez dentro, Matt pisó el acelerador a fondo. Nadie dijo nada durante unos segundos.

–Oye, papá –dijo Matt.

–¿Sí? –respondió RW sin apartar la vista de la carretera.

–Has estado increíble.

–Impresionante –convino Jeff.

RW miró a sus hijos y sonrió.

–Vuestro viejo todavía está en forma, ¿verdad? Gracias por el apoyo, chicos. Venga, vámonos a casa. Nuestras mujeres no están esperando.

Capítulo Veinticuatro

Era la noche de la inauguración del restaurante. Chloe estaba muy contenta por Jeff y Michele, y entusiasmada porque Angel y su padre hubieran ido juntos. Su madre también estaba. Todo iba como debía.

O casi.

Nicolas debía estar allí con ella bailando, comiendo y disfrutando de la noche. No le había devuelto las llamadas ni los mensajes y se había resignado a creer que nunca volvería a saber de él. Tenía el corazón destrozado. Justo cuando había decidido arriesgarse, el hombre de sus sueños había decidido que no valía la pena, y eso le dolía.

Pero había descubierto lo que necesitaba saber sobre ella. Había aprendido que podía enamorarse rápida e intensamente si se dejaba llevar por los sentimientos. Si disfrutaba de cada momento y no se preocupaba demasiado por el futuro podía llegar a quererse y a construir una vida con un hombre.

Nicolas le había enseñado que era digna de ser amada aunque no fuera él el hombre que le correspondiera. Solo por eso le estaba agradecida. Había llegado el momento de retirar su promesa de mantenerse alejada de los hombres y empezar a tener citas. Tal vez, con el tiempo, acabara enamorándose.

Llevaba su vestido favorito de color rojo canela y unos zapatos con tacón de aguja. Por lo general, estaba más cómoda con pantalones de yoga y una camiseta, pero de vez en cuando le gustaba ponerse un traje de fiesta y unos tacones. En vez de recogerse el pelo en un moño, se lo había dejado suelto, y le caían los rizos alrededor de la cara.

El restaurante tenía un aspecto fantástico. Había antorchas iluminando todos los accesos. Una fila de coches se acercaba por el camino de acceso y una orquesta tocaba en el salón. Chloe sonrió. Lo habían conseguido. Los clientes iban a descubrir lo bien que cocinaba Michele y los acertados diseños arquitectónicos de Jeff, además de conocer los avances de la construcción del complejo hotelero.

—Estás muy guapa —le dijo Jeff a la entrada, y la saludó con un beso en la mejilla.

—No te sorprendas tanto. A veces me gusta ponerme algo que no sea un pantalón de yoga. Tú también estás muy guapo. A los Harper siempre os ha sentado muy bien el esmoquin.

Matt se les unió y tomó una cesta con panecillos de la bandeja de un camarero que pasaba.

—Ha venido un montón de gente. ¿Estáis listos para hacer nuestro numerito?

—No. No puedo creer que me haya dejado convencer por mis hermanos —replicó Chloe haciendo una mueca.

—¿Nosotros? Fue papá. Fue a él al que se le ocurrió la idea de que cantáramos los tres juntos para dar una imagen familiar al negocio —terció Jeff.

—Estoy temblando —dijo ella mostrando su mano.

–Tal vez es que tienes hambre. ¿Quieres un panecillo? –le ofreció Matt.

–No, gracias, estoy demasiado nerviosa para comer –respondió, llevándose la mano al estómago–. Espero no ponerme mala ahí arriba.

–Claro que no. Inspira energía, libera temores –bromeó Jeff.

–Venga, será divertido –terció Matt, tomándola por los hombros–. En la primera canción solo tienes que tocar la guitarra.

–¿Primera? –repitió asustada–. ¿Vamos a hacer más de una?

–Quizá.

Jeff y Matt rieron y la arrastraron al escenario delante de todos. Estaba temblando de arriba abajo. ¿Cómo lo hacía Nicolas?

RW tomó el micrófono.

–Bienvenidos. Nos sentimos muy honrados de que hayáis venido tantos a acompañarnos a esta inauguración. Espero que estéis disfrutando. Nuestra chef, Michele Harper, es mundialmente conocida y, personalmente, mi favorita. Ahora mismo está ocupada, pero luego haré que venga para que reciba un merecido aplauso –anunció, pero la gente aplaudió de todas maneras–. Jeff ha hecho un gran trabajo montando el restaurante y poniéndolo en marcha en tan poco tiempo. El hotel también va bien. No os vayáis sin antes echar un vistazo a la maqueta. Este sitio es mi hogar. Ha pertenecido a mi familia desde hace siglos y ahora quiero compartirlo con todos vosotros. Mis hijos, Matt, Jeff y Chloe han preparado una pequeña actuación, así que relajaos y disfrutad.

***

Nicolas entró en el restaurante en el momento en que RW estaba presentando a sus hijos y se quedó en la zona que había detrás de la mesa en la que se sentaban los Harper. Angel, Julia y el pequeño Henry estaban sentados, a la espera de que comenzara el espectáculo. Dirigió la vista hacia el pequeño escenario y el corazón le dio un vuelco al verla. Estaba muy guapa con aquel vestido rojo.

Pero algo no parecía ir bien. Estaba muy pálida y no conseguía sacar la guitarra de la funda.

–Venga, amor, puedes hacerlo –susurró.

Angel volvió la cabeza. Le había oído.

Arriba en el escenario, Matt tomó el micrófono.

–Por si acaso os estabais preguntando qué pasó con los piratas, esta es la historia de un pirata que se hizo demasiado mayor para poder disfrutar del botín. Es la canción favorita de mi padre.

RW levantó el pulgar en señal de aprobación y volvió a su mesa. Cruzó la mirada con Nicolas y sonrió. Nicolas lo saludó con una inclinación de cabeza antes de volver su atención al escenario.

Matt cantó la primera parte de una balada. No tenía mala voz. Luego, hizo lo propio Jeff. Él también cantaba bien. Juntos sonaban muy bien. Chloe tocó la guitarra con gran destreza e hizo los coros. No tenía micrófono, así que nadie la oyó cantar. Nicolas sonrió. No tenía de qué preocuparse.

Cuando la canción terminó, el público aplaudió. Chloe sonrió tímidamente. Parecía aliviada de haber terminado. Nicolas soltó un silbido.

–Más, más –coreaba la gente.

Jeff tomó el micrófono.

–Tenemos una más, si podemos convencer a mi hermana de que cante la canción que me escribió cuando éramos niños. ¿Qué dices, Chloe?

Los invitados se pusieron a corear su nombre. Chloe palideció. Se quedó mirando al público como si fuera un animalillo deslumbrado en mitad de la carretera.

–Mírame –dijo Nicolas.

Aunque no podía oírlo, paseó la mirada entre el gentío, Luego tragó saliva y volvió a tomar la guitarra.

Jeff colocó el micrófono delante de ella e hizo un gesto para que se hiciera silencio.

Hubo un momento de zozobra al ver que Chloe no se movía ni emitía ningún sonido. Nicolas pensó en acudir en su ayuda y cantar la nueva canción que había compuesto. Prefería ofrecérsela a Chloe en privado, pero tampoco pasaba nada por hacerlo en aquel momento. Echó a andar, pero RW le puso una mano en el hombro, deteniéndolo.

Justo entonces, Chloe empezó a tocar.

Los primeros acordes eran sencillos, infantiles, pero cuando abrió la boca y empezó a cantar, fue como si se hiciera la luz. Tenía una voz dulce y algo rasgada. Nunca antes había oído una voz tan pura, tan única. Se había quedado boquiabierto.

–Tiene una voz muy bonita, ¿verdad? –dijo RW.

Bonita no era la palabra. Nunca antes había oído algo así. Se quedó escuchando sobrecogido mientras Chloe cantaba. La letra tampoco estaba mal. ¿Y había compuesto aquella canción siendo una niña?

Cuando terminó, el público estalló en aplausos.

Nicolas estaba tan impresionado que era incapaz de moverse. Solo cuando RW se puso de pie salió de su trance y también aplaudió.

RW lo apartó de la mesa y lo condujo a una sala tranquila.

—¿Qué te parece? ¿Crees que podría grabar algo con tu sello?

Nicolas parpadeó. Todavía no se había recuperado después de oírla cantar.

—¿Qué?

—Ya sabes, firmar un contrato para grabar un disco. Lo que necesita es un pequeño empujón.

En aquel momento cayó en la cuenta.

—¿Así que Chloe era la joya que querías mostrarme?

—Así es. ¿Por qué si no iba a pedirte que te quedaras una semana? Quería que supieras lo maravillosa que es.

Nicolas debería haberse sentido usado y traicionado, pero se sentía agradecido.

—¿Así que organizaste todo esto para que fuera el productor de la música de tu hija?

—Sí, hijo. Se lo debo a mi niña. Es culpa mía que no esté de gira y ocupe los primeros puestos de las listas de éxito y se lo debo. Se pasaba el día cantando, era su mayor alegría. Pero me cansé de oírla, ¿puedes creerlo? ¡Mi preciosa hija con esa voz tan maravillosa! Es culpa mía. Mis pecados no conocían límites y estoy intentando enmendarlos. Por favor, ayúdame a resarcir a mi hija.

Nicolas no pudo evitar sonreír. A pesar de que Harper era un canalla, también quería a su hija. Chloe se alegraría mucho cuando se enterara.

–¿Se lo ha dicho ya?

–Todavía no. No sé cómo se lo tomará –contestó inquieto, pasándose las manos por el pelo–. Pero no me importa si se enfada conmigo por haberle tendido esta trampa porque un padre siempre da a sus hijos lo que necesitan.

–Lo que necesitan –repitió Nicolas.

¿Era él lo que Chloe necesitaba? Confiaba en que así fuera después de haber estado evitándola durante días.

–A Matt era la familia que destruí y un montón de aviones que pilotar. A Jeff, la oportunidad de construir el mejor complejo hotelero que pudiera soñar. Ahora, le ha llegado el turno a Chloe. Quiero darle lo que necesita y eso eres tú, Nicolas.

Se quedó de piedra. RW parecía estar diciendo que lo necesitaba a él como hombre y como productor.

–Así que Chloe no sabía que la estaba obligando a trabajar conmigo para que la convirtiera en una cantante famosa.

RW resopló.

–Hijo, ¿sabes algo de mujeres? Creo que no. Pero tengo que decirte que no esperaba que te enamoraras de ella.

Nicolas sacudió la cabeza.

–¿Por qué no? ¿Está loco? Es perfecta, fascinante y preciosa. Es… –dijo, buscando la palabra adecuada que la describiera–. Es Chloe y déjeme que le diga una cosa, señor Harper, como vuelva a hacerle daño, tendrá que vérselas conmigo.

RW sonrió.

–Anda, ve a decírselo, hijo.

–No la merezco. Le he hecho daño. Se merece a alguien mejor.

–Tal vez, pero si no se lo dices, nunca sabrás lo que es sentirse vivo –dijo RW volviéndose hacia Angel–. Baila conmigo, mi amor.

–Parece que papá se lo está pasando muy bien bailando con Angel.

Chloe resopló.

–Eso tengo que verlo.

Se puso de puntillas e intentó sin éxito ver por encima de las cabezas de los asistentes. El salón estaba abarrotado y lo rodeó hasta que pudo ver a su padre bailando con Angel. Parecía que no hubiera más mundo que ellos.

–Muy bien, papá –dijo entre dientes.

–¿Me concede este baile? –preguntó una voz masculina a su espalda.

Un escalofrío le recorrió la espalda. Chloe temía darse la vuelta, pero a la vez era incapaz de resistirse.

–¡Nicolas!

–Estás muy guapa, *gatinha*.

Él también. Los Harper no eran los únicos a los que les sentaba bien el esmoquin.

–Vaya –dijo mirándola de arriba abajo–. Y te has soltado el pelo –añadió acariciándole los rizos.

–Has venido.

–Sí, *gatinha*.

–Pensaba que no volvería a verte nunca. No me has devuelto las llamadas.

Nicolas bajó la vista. ¿Estaría avergonzado?

–He tenido que ocuparme de un problema –dijo mirándola a los ojos.

–Un problema –repitió ella, y tragó saliva–. Lo sé, he leído lo que le pasó a Billy See. ¿Está bien?

–Pronto lo estará. Tendrá que hacer rehabilitación, pero ha tenido suerte. Poca gente se choca contra un árbol y sobrevive.

–Eso es bueno.

Pensó si preguntar por Lila, pero no quería saber nada de ella.

–Hay otra razón por la que no te he llamado.

–Vaya.

El corazón le latía con fuerza. Temía que le hablara de Lila.

–Tenía algo que decirte, pero quería hacerlo en persona.

El hecho de que estuviera nervioso la asustaba y se preparó para recibir una mala noticia.

–Eres una mujer especial, Chloe. En poco tiempo me has hecho cambiar. Nunca pensé que fuera posible –dijo acariciándole la mejilla–. Estoy muy agradecido.

Chloe contuvo la respiración y se preparó para oír un pero.

–Está bien, Nicolas. No hace falta que sigas, lo entiendo. No tenías por que haber venido hasta aquí para despedirte. Yo misma he tenido que recurrir un montón de veces a eso de «no eres tú, soy yo».

–¿Como con Tony?

Ella frunció el ceño.

–¿Tony?

–Tony Ricci. Un amigo que antes fue mi representante. ¿Lo amabas?

–No, pero lo intenté. Me hizo sentir bien durante una temporada, hasta que me di cuenta de que me sentía más vacía con él que estando sola. No sé si tiene sentido.

–Sí, sí lo tiene, más de lo que me gustaría admitir.

–Así que por eso has venido, para preguntarme por Tony. Siento haberle hecho daño, es solo que por aquel entonces no sabía amar.

–¿Por aquel entonces?

La cabeza le daba vueltas.

–Nicolas, ¿por qué estás aquí?

–No me importa lo que Tony sintiera, me alegro de que no estuvieras enamorada de él –respondió mientras enroscaba uno de sus rizos en un dedo–. Tengo muchas cosas que decirte, pero no puedo pensar con claridad teniéndote tan cerca. Por favor, *gatinha*, baila conmigo. Me muero por acariciarte. Bailemos primero y ya hablaremos después.

Le ofreció la mano y cuando entrelazó los dedos con los de ella, una corriente recorrió todo su cuerpo. Era una sensación muy agradable.

Chloe lo condujo al centro de la pista, al lado de Matt y Julia y muy cerca de su padre.

–Anda, mira, pero si tenemos aquí al rey del baile –dijo Matt al verlos–. Estoy deseando verte en acción.

–Le enseñé un vídeo musical y ahora está intentando bailar como si fuera un adolescente –explicó Julia–. No le desafiéis a bailar salsa o tendré que ir a sentarme si no quiero dar a luz aquí mismo.

Chloe rio.

–Mi hermano y Julia son los reyes de la pista.

–La única reina que veo aquí eres tú –replicó Nicolas–. Dios mío, cuánto te he echado de menos.

La estrechó contra él y se movieron al compás de la música. Todo lo que les rodeaba desapareció. El sonido de su respiración junto al oído la hacía arder por dentro a la vez que le calmaba los nervios.

De nuevo, sintió aquella agradable sensación.

–Te he oído cantar.

Ella se sonrojó.

–¿De veras? Qué vergüenza he pasado. Siento que hayas tenido que escucharme.

La tomó de la barbilla y la obligó a mirarla.

–No tienes ni idea de lo buena que eres, ¿verdad?

Chloe suspiró.

–Lo digo en serio. Puedo hacer de ti una estrella.

–No necesito ser una estrella –dijo recostando la cabeza en su pecho–. Solo te necesito a ti.

No tenía ni idea de por qué Nicolas estaba allí o de si iba a quedarse, pero ahora que había aprendido, valoraba el presente.

Estaba disfrutando bailando con él. Tenía suficiente con la manera en que la miraba a los ojos. Cuando la atrajo hacia él sintió su erección, y se estrechó contra él decidida a disfrutar del momento.

Nicolas se quedó quieto y se limitó a abrazarla.

–Chloe –dijo con voz grave.

Sintió la vibración a través de su cuerpo y la cabeza empezó a darle vueltas. Tuvo que hacer un esfuerzo por contener el deseo, las llamas que se acumulaban en ella.

–Pensaba que no volvería a verte, que habías

pasado página y que había vuelto a tu vida de siempre.

–Estoy aquí, mi amor.

Se le veía tenso. De nuevo, estaba nervioso.

–¿Por qué has vuelto?

–No tiene nada que ver con tu padre.

–¿Qué? –preguntó ella, sorprendida.

Él sacudió la cabeza.

–Eso es otra historia. Siento haberme marchado y no haberte llamado. Pero no he pasado página –dijo acariciándole los brazos–. No podrás librarte de mí. Me has hecho cambiar y me he dado cuenta de que quiero una relación duradera contigo. No hay vuelta atrás. Quiero que mi vida tenga sentido y, por encima de todo, te quiero a ti. Eres lo que necesitaba para sentirme completo –añadió y apoyó la frente en la suya.

–Oh, Nicolas. Tú también eres lo que siempre he querido. Me quedé destrozada pensando que te había perdido.

–No puedes perderme porque te quiero, Chloe Harper –dijo esbozando una amplia sonrisa–. Nunca había dicho esas palabras a nadie. Te quiero, *minha* vida –repitió y la besó en la sien.

–Yo también te quiero.

–Siento haberte hecho daño cuando me fui. No volveré a hacerlo. Dame una oportunidad para resarcirte.

–¿Cómo tienes pensado hacerlo?

Él sonrió.

–Creo que con los labios…

Epílogo

Nicolas se inclinó y la besó en la mejilla.

–Tranquila, saldrá bien. Limítate a mirarme mientras cantamos y será más fácil.

Estaban sentados en un pequeño escenario, junto al altar, en la única iglesia de Plunder Cove. El templo estaba abarrotado y todo el mundo estaba observándolos, a la espera de que empezaran a cantar.

–¿Fácil? ¿Y si estropeo la boda de mi padre?

–Míralo –dijo señalándolo–. Ni siquiera nos escucha.

Tenía razón. Su padre tenía una amplia sonrisa en su cara mientras esperaba inquieto a que Angel recorriera el pasillo hasta el altar, incapaz de estarse quieto. Matt y Jeff estaban a su lado, de esmoquin, dándole palmadas en la espalda y sonriendo como dos tontos. ¿Cómo podía estar nerviosa en un momento así? Su familia estaba unida y era feliz. Incluso su madre. Claire estaba sentada en la primera fila, y la saludó agitando el pañuelo.

Todos estaban allí gracias a su padre. Al final, había conseguido volver a unir a su familia y todos habían encontrado el amor.

Chloe recorrió con la mirada al resto de su familia. A Julia ya se le notaba el embarazo y estaba deseando que naciera el bebé. Henry correteaba al fondo de la iglesia, entusiasmado con su cometido de llevar los anillos. Michele estaba sentada al lado de Claire. Habían enterrado el hacha de guerra y Claire hablaba maravillas de la mejor chef de la costa oeste. Su madre parecía haber encontrado su lugar en la familia. Sus dos hermanos eran felices con sus vidas y sus trabajos. Todo era perfecto, excepto por…

–¿Lista? –preguntó Nicolas.

–No, nunca, creo que ni en un millón de años estaría lista.

Nunca se había sentido cómoda delante de mucha gente. En un estudio de grabación, sí, pero en un escenario…

–Un, dos, tres…

Nicolas empezó a rasgar su guitarra y enseguida se le unió Chloe. Su voz animó a los invitados, más rica y profunda que nunca. No podía creer que hubiera escrito una canción para ella. Ya estaba en el puesto tercero de la lista de grandes éxitos y no tenía ninguna duda de que llegaría a ser todo un número uno. *Mi chica pirata*. Terminaron de cantar la canción juntos y se miraron a los ojos. La intensidad de su mirada la dejó sin respiración.

–Te quiero, Chloe.

–Te quiero, Nicolas.

Se echó hacia delante y lo besó.

Un gran aplauso estalló en la iglesia. Chloe parpadeó y recordó dónde estaba.

Una sensación placentera la invadió. Su chacra sacro estaba completamente abierto, al igual que su corazón. Nicolas la hacía sentir bien consigo misma y había conseguido que volviera a cantar. Era un sueño hecho realidad. O mejor dicho, era su sueño hecho realidad.

¿Podrían ella y el hijo que esperaba ser la clave de su redención?

REDIMIDOS POR EL AMOR

Kate Hewitt

La finca en una isla griega del magnate Alex Santos, que tenía el rostro gravemente desfigurado, era una fortaleza que protegía a los de fuera de la oscuridad que había en el interior de él. Cuando necesitó una esposa para asegurar sus negocios, la discreta y compasiva Milly, su ama de llaves, accedió a su proposición matrimonial. Pero la noche de bodas provocó un fuego inesperado, cuyas consecuencias obligaron a Alex a enfrentarse a su doloroso pasado.

Acepte 2 de nuestras mejores novelas de amor GRATIS

¡Y reciba un regalo sorpresa!

Oferta especial de tiempo limitado

Rellene el cupón y envíelo a
Harlequin Reader Service®
3010 Walden Ave.
P.O. Box 1867
Buffalo, N.Y. 14240-1867

¡Sí! Por favor, envíenme 2 novelas de amor de Harlequin (1 Bianca® y 1 Deseo®) gratis, más el regalo sorpresa. Luego remítanme 4 novelas nuevas todos los meses, las cuales recibiré mucho antes de que aparezcan en librerías, y factúrenme al bajo precio de $3,24 cada una, más $0,25 por envío e impuesto de ventas, si corresponde*. Este es el precio total, y es un ahorro de casi el 20% sobre el precio de portada. ¡Una oferta excelente! Entiendo que el hecho de aceptar estos libros y el regalo no me obliga en forma alguna a la compra de libros adicionales. Y también que puedo devolver cualquier envío y cancelar en cualquier momento. Aún si decido no comprar ningún otro libro de Harlequin, los 2 libros gratis y el regalo sorpresa son míos para siempre.

416 LBN DU7N

Nombre y apellido	(Por favor, letra de molde)

Dirección	Apartamento No.

Ciudad	Estado	Zona postal

Esta oferta se limita a un pedido por hogar y no está disponible para los subscriptores actuales de Deseo® y Bianca®.
*Los términos y precios quedan sujetos a cambios sin aviso previo.
Impuestos de ventas aplican en N.Y.

SPN-03   ©2003 Harlequin Enterprises Limited

**¡Aristo haría cualquier cosa
con tal de estar con su hijo!**

MAGIA Y DESEO

Louise Fuller

Cuando Teddie se dio cuenta de que estaba embarazada, su turbulento matrimonio con el magnate hotelero Aristo Leonidas ya había terminado. A partir de aquel momento guardó celosamente el secreto… hasta que Aristo descubrió que tenía un heredero y le exigió a Teddie que se casara con él otra vez. Pero, a pesar de que la química seguía siendo tan ardiente como siempre, Teddie quería algo más esta vez. ¡Para poder tener a su hijo, Aristo debía ahora recuperar también a su esposa!

DESEO

Estás esperando un hijo mío. Serás mi mujer.

Y llegaste tú...

JANICE MAYNARD

Durante dos maravillosas semanas, Cate Everett compartió cama con Brody Stewart, un hombre al que acababa de conocer y al que no esperaba volver a ver. Cuatro meses después, el seductor escocés volvió al pueblo con la solución al problema de Cate, quien estaba embarazada de él.

Pero Cate tenía un dilema: si se convertía en la esposa de Brody, ¿estaría viviendo una farsa sin amor o Brody incluiría su corazón en el trato?

2